MANTO COSTA

CIRCO DE ★ PULGAS

• • • • CONTOS • • • •

Secretaria de
**Políticas de Promoção
da Igualdade Racial**

Rio de Janeiro
2014

Copyright © 2014
Manto Costa

Presidência da República
Dilma Rousseff

Ministério da Cultura
Marta Suplicy

Presidente
Renato Lessa

Diretora Executiva
Myriam Lewin

Centro de Pesquisa e Editoração
Marcus Venicio Ribeiro

Coordenadoria de Editoração
Raquel Fabio

Presidência da República

Secretaria de Políticas de Promoção da Igualdade Racial — SEPPIR/PR

PALLAS EDITORA

Editoras
Cristina Fernandes Warth
Mariana Warth

Produção editorial
Aron Balmas
Livia Cabrini

Revisão
Dayana Santos

Capa
Luis Saguar e Rose Araujo

Esta publicação foi realizada com recursos do Edital de Apoio à Coedição de Livros de Autores Negros, da Fundação Biblioteca Nacional, do Ministério da Cultura, em parceria com a Secretaria de Políticas de Promoção da Igualdade Racial da Presidência da República - SEPPIR/PR.

Este livro segue as novas regras do Acordo Ortográfico da Língua Portuguesa.

Todos os direitos reservados à Pallas Editora e Distribuidora Ltda. É vetada a reprodução por qualquer meio mecânico, eletrônico, xerográfico etc., sem a permissão por escrito da editora, de parte ou totalidade do material escrito.

CIP-BRASIL. CATALOGAÇÃO-NA-FONTE
SINDICATO NACIONAL DOS EDITORES DE LIVROS, RJ

C876c

Costa, Manto
  Circo de pulgas: contos / Manto Costa. - 1. ed. - Rio de Janeiro: Pallas : Biblioteca Nacional, 2014.
  88 p. : il. ; 21 cm.

ISBN 978-85-347-0522-6 (Pallas Editora)
ISBN 978-85-333-0737-7 (Biblioteca Nacional)

1. Conto brasileiro. I. Biblioteca Nacional (Brasil). II. Título.

14-17449
CDD: 869.93
CDU: 821.134.3(81)-3

Pallas Editora e Distribuidora Ltda.
Rua Frederico de Albuquerque, 56 – Higienópolis
CEP 21050-840 – Rio de Janeiro – RJ
Tel./fax: 21 2270-0186
www.pallaseditora.com.br
pallas@pallaseditora.com.br

Um dos bons ficcionistas brasileiros da atualidade
NEI LOPES — Dicionário Literário Afro-Brasileiro

Sumário

O domador de pulgas, **9**
Os sete castiçais de ouro, **19**
Relíquias da Cultura Nacional, **33**
Festa de Preto-Velho, **39**
O estranho Miles, **43**
O último gole, **49**
O noivado de Perninha, **51**
Barracão de Zinco, **57**
O homem que esperava ondas, **61**
Febre, **65**
O mais doce dos beijos, **67**
Como nascem os mortos, **71**
Treze copos, **75**
O Círculo, **79**

O domador de pulgas

O velho Aruanda abriu a porta com um leve sorriso nos lábios. Era uma casinha amarela encravada na subida da Pedra do Sal, na calota do Morro da Conceição. Pude logo notar que ele não estava só, já que na pequena saleta, separada da sala maior apenas por uma cortina, havia um par de sapatos sujos de lama, um de sandálias e outro de sapatilhas.

— Foi o senhor que ligou pela manhã?
— Sim, fui eu.
— Então deves ser o Bento?
— Sim, sou eu mesmo. E o senhor deve ser Dom Aruanda, não?

— Isso mesmo meu filho. Vamos entrando, fique à vontade com o resto do povo. Mas, por favor, além dos sapatos, deixe todos os seus fardos aí fora.

De cara, achei aquilo ótimo. "Quanto mais estranho, melhor", pensei. Eu estava ali numa missão muito especial: escrever o texto para uma coluna de um jornal popular. O nome da dita cuja era "Mundo Bizarro", e aquela pauta me fora dada pelo chefe de redação, que dispensara o titular. Havia a promessa de que se eu me saísse bem a vaga seria minha.

Ao atravessar a cortina da saleta me vi envolvido por uma luz azulada que partia de candelabros firmados nos quatro cantos da sala e do lustre colocado bem ao centro do teto. Perpendicular à luminária, havia dois pequenos refletores, igualmente acesos, que direcionavam seus feixes de luz de mesmo tom para a mesa oval que ocupava todo o lado direito do ambiente. Sobre a mesa havia uma espécie de tabuleiro onde se espalhavam uns brinquedinhos delicados, mais parecia um minicenário. No lado oposto já estava sentada parte da seleta plateia: Zé Ruela, o mecânico; Bianca, a bailarina; e Carlitos, um vagabundo pitoresco daquelas bandas.

Sorridentes, todos se voltaram para mim e logo me deixaram à vontade. Minha presença era bem-vinda. Dom Aruanda tratou de me explicar que ainda esperavam Tia Efigênia e sua neta Belinha. "Elas não vão demorar; geralmente, são as primeiras que chegam", disse-me ele de forma gentil.

O ar era purificado com um leve perfume de mirra, talvez fosse incenso, mas não o localizei. Na verdade, eu estava tenso e esperava uma chance para pegar meu bloquinho e anotar todas as bizarrices possíveis do lugar, informações que seriam úteis para montar meu texto. No entanto, para que nada fosse ocultado de mim, não revelei que eu era um repórter. O problema é que a gentileza daquela gente era muita, e eu não conseguia sacar a caneta.

Minha expectativa era grande, e não era pra menos: eu estava prestes a assistir a um circo de pulgas. Era o tipo da coisa de doido, e isso era tudo o que eu precisava.

Aruanda foi lá dentro e voltou com uma bandeja servindo água gelada pra todos. Fui apresentado a um por um, e logo percebi que o pequeno grupo formava uma confraria. Vez por outra aparecia uma cara nova, mas aquelas eram as caras de sempre. Não perdiam um espetáculo.

Não havia a menor dúvida, o ambiente era envolvido por uma aura de magia. Então, deixando-me levar pela poesia, enxerguei o quanto era encantadora a bailarina Bianca, que, na flor da idade, podia dizer-se ainda uma menina. Era uma beleza pura e angelical. Em contraponto, via-se a rudeza de Zé Ruela, com suas mãos sujas de graxa; as mesmas que puxariam a cadeira para Bianca sentar-se enquanto espanavam a poeira do assento. Carlitos, ainda em pé, sorria cambaleante para todos e dançava com um passinho miúdo ao som de uma guitarra.

Esse áudio resumia-se a um velho gravador cassete, uma relíquia dos anos 70. A fita tocava o clássico sessentista "O milionário", com o jurássico grupo Os Incríveis.

De repente, abriu-se a cortina que separava sala e saleta. Era Tia Efigênia e sua neta Belinha, pretinha como ébano, rostinho de boneca. Belinha era querida por todos ali, principalmente por Dom Aruanda, que logo a pegou no colo. Tirou umas balas do bolso e mandou que a menina abrisse as mãozinhas. Segurando as balas com firmeza, Belinha sorriu e fitou a mesa iluminada.

— O cirquinho já vai começar?
— Com certeza molequinha, estávamos esperando você chegar.

Aruanda recolheu os copos e mandou que todos retomassem os seus lugares, retirando-se em seguida. O velho ressurgiu na sala, agora por outra porta, no lado oposto onde estávamos. Não trajava mais a camisa de organdi branca, mas uma malha preta, que sobre sua pele negra, neutralizava sua presença na penumbra azulada. Nas mãos, vestidas com luvas brancas, trazia uma caixa de charutos ornamentada com purpurinas.

Ele colocou a caixa sobre a mesa, foi até o gravador colocado sobre um banquinho e trocou a fita. Ao som de tambores e fanfarras, abriu a caixa de charutos, pegou uma de suas pupilas, e anunciou:

— O Circo de Pulgas Dom Aruanda apresenta: Maricota, a pulga equilibrista!

O que me parecia um brinquedo na realidade era um minitrapézio. Vi então uma sombrinha minúscula andar pra lá e pra cá sobre a cordinha. É claro, era Maricota que a segurava. De repente, parou no meio do caminho, a sombrinha tombou um pouquinho de lado. Suspense. Recuperou o equilíbrio e terminou o número sob o aplauso de todos. Até eu aplaudi. Então chegou a vez da pulga-bomba, anunciada com entusiasmo pelo inusitado domador. O pavio do minicanhão, preparado com um pouquinho de pólvora, foi aceso: Pow! Simultaneamente, Aruanda pegou o minúsculo inseto-acrobata em pleno ar com uma redinha de caçar borboleta. Orgulhoso, Dom Aruanda apontava seu feito com seu pequeno bastão de adestrador.

Aquilo tudo era fantástico demais para ser verdade, era um espetáculo de outro mundo. Após 30 minutos mágicos, os refletores azuis se apagaram. Fiquei sentado onde estava por alguns momentos, enquanto todos já haviam se levantado e conversavam animadamente. Aruanda, já sem as luvas, recebia cumprimentos e agradecia com um largo sorriso nos lábios. Estava feliz, a performance das pulgas tinha sido um sucesso mais uma vez.

Para divertir Belinha, Carlitos pegou a sombrinha de Dona Efigênia e começou a simular que se equilibrava sobre um fio invisível no meio da sala. Talvez pelo seu natural estado bebum, a performance era perfeita. Alguém disse que ele era o clone de Maricota. E todos riam, enquanto o meu pensamento ia longe.

Era hora de ir embora. Ao atravessar a cortina me deparei com Bianca que, sentada em um banquinho na saleta, calçava suas sapatilhas.

— Nunca conheci uma bailarina de verdade — eu disse.
Ela sorriu.
— Faço apenas umas lições, não sou uma bailarina de verdade.
— Ué! Por que não?
— A minha bolsa na escola de balé não foi renovada. Mas como minha mãe é faxineira lá, eu entro na hora em que não há aula e faço os meus exercícios sozinha.
— Balé clássico?
— É.
— Pena que não aproveitaram você. Você é linda.
— Obrigada. Mas eles explicaram que eu não tenho o biotipo certo para o balé clássico.
— Posso imaginar. E o que traz você aqui?
— Venho sempre que posso. Este aqui é o meu mundinho encantado.

Antes de subir para a redação resolvi dar uma passada na sucursal. "Sucursal" era o apelido do boteco que ficava em frente ao jornal. Lá, dei de cara com Ísis, aos prantos, pois acabara de ser demitida por João Lobato, mais conhecido pela alcunha de *Beato Salu*.

— Aquilo é um monstro! É o Monstro do Lago Ness! Todo mundo sabe disso, mas ninguém tem coragem de dizer na cara dele. Mas eu vou botar a boca no mundo. Ele me persegue desde o dia em que me recusei a ir para a cama com ele! — desabafava a jovem repórter.

O ambiente era sempre tenso, mas naquele dia estava demais. Ao chegar à redação tive vontade de dar meia-volta. Beato Salu estava prestes a esmurrar o chefe de reportagem geral por causa de um "furo". Este, por sua vez, queria comer o fígado da repórter que levara o tal furo.

Fiquei sabendo depois que quem pagou o pato mesmo fora Ísis, que não tinha nada a ver com a história. Mas alguém tinha que pagar. Pior: à boca pequena, comentava-se nos corredores que a repórter que tomara o furo só não fora demitida por estar grávida. O grande detalhe é que ela estaria grávida de Beato Salu.

Em um canto da redação, sentei-me diante do computador e fiz um esboço do texto para a coluna. O problema é que Salu, alucinado, corria por entre as mesas, distribuindo esporro pra todos os lados e direções. Com o que restava de seus cabelos desgrenhados, feito um palhaço Bozo de paletó e gravata, parou ao meu lado bufando. Em seguida, virou o monitor e leu parte do que eu acabara de escrever sobre o circo de pulgas.

— Eu quero o ridículo! Eu quero o bizarro! E cadê a foto?
— Eu não fiz foto, é uma coluna. Não levei fotógrafo.
— Pois então leve! Pois então o faça, porra! Eu quero foto! Eu quero foto!

E assim Salu saiu esbravejando feito um cão louco a procura da próxima vítima. Teco tinha uns tiques nervosos, era meio perturbado, carregava a fama de maluco. Ainda assim, era um fotógrafo de grande sensibilidade. Por isso, o chamei para concluir o trabalho comigo. E não tive outra saída: contei para o velho Aruanda que se tratava de uma reportagem. Para fazermos as fotos precisávamos apenas que ele apresentasse um ou dois números do espetáculo. Aruanda revelou que desde o primeiro momento desconfiou de que eu não seria um mero expectador. Complacente, o mestre sentou-se com a gente na mesa oval e contou-nos o quanto era antiga a arte de adestrar pulgas.

— Na Europa dos séculos XVIII e XIX estes espetáculos gozavam de uma grande popularidade — explicou o velho. Hippie nos anos 60, Aruanda abandonou o movimento em plena *flower power* para ingressar num circo. Seu maior sonho era ser trapezista da companhia, mas, na verdade, nunca passou de escada para palhaço. O pior era limpar bosta de elefante na arena. Até que conheceu a arte do circo de pulgas e se apaixonou.

— Confesso ao senhor o meu profundo encantamento pela sua arte. De certa forma, até o invejo. Mas eu preciso de lentes pra ver isso com mais clareza. Tudo não passaria de um truque, não? Toda mágica tem um segredo.

— Antes de ser visto com os olhos, um circo de pulgas deve ser visto com o coração. Esse é o segredo. Mas compreendo, às vezes isso é difícil — disse-me Aruanda sorrindo.

Confirmando que minha escolha fora acertada, Teco recusou-se a utilizar as poderosas lentes de sua máquina para fotografar as pulgas amestradas. Limitou-se a fazer uma foto de Dom Aruanda com seu largo sorriso negro emoldurado pela carapinha branca.

De volta à redação, eu me sentia mal, náuseas talvez, mas eu tinha uma tarefa a cumprir. E, conforme a linha editorial traçada, tratei Dom Aruanda com total desrespeito e deboche. Ridicularizei toda aquela gente até não poder mais. Afinal, eu havia sido escalado para isso. Todavia, quando terminei o trabalho, eu me sentia menor do que uma pulga. Cabisbaixo, entreguei o texto e fui-me embora, humilhado.

Entrei no primeiro boteco que avistei. Pedi uma cerveja e uma pinga, que virei na goela de uma só vez. O bolo que fechava a minha garganta finalmente se desfez. Fui sorvendo a cerveja bem devagar, pensando na vida, enquanto a adrenalina baixava e o mar revolto se acalmava no meu peito. Pedi outra pinga, depois outra cerveja.

Veio uma vontade irrefreável de escrever. Peguei um punhado de guardanapos e ali mesmo no balcão despejei tudo num texto que já parecia pronto. Saiu como vômito. Paguei a conta apressadamente e me dirigi de volta ao jornal. Já não havia quase ninguém na redação. Busquei um computador qualquer e digitei o texto rapidamente. Em seguida, mandei-o para Edwaldinho, o diagramador.

— Parceiro, substitua a redação do "Mundo Bizarro". Houve um engano! — eu disse.

O primeiro caderno já havia começado a rodar na gráfica, lá embaixo. Mas a coluna ficava no segundo caderno, dava tempo de substituir o texto. E assim foi feito.

Saí dali leve como uma pluma, respirando incrivelmente melhor. E dormi como não dormia há muito tempo. Acordei no dia seguinte, às 6h30 da manhã, com o telefone esbravejando no gancho. Atendi. Era o secretário gráfico apavorado.

— Cara, que loucura é essa! Você trocou o texto da coluna! O homem tá uma fera e quer te matar!

Desci calmamente para tomar um café na padaria. Na portaria do prédio peguei um jornal de assinante empilhado com outros e corri direto para a página do "Mundo Bizarro". Estava lá com todas as letras: "O mundo bizarro de Beato Salu". E isso era tudo. Tomei o meu café, fumei um cigarro. O celular não parava de pular no meu bolso. Como eu não atendia, chegou uma mensagem: "Cadê você, seu fdp!!!" Havia um caminhão da limpeza urbana logo à frente, daqueles que trituram o lixo. Peguei o celular e o atirei na caçamba. Naquela altura, eu não podia sequer voltar para casa, pois Salu já teria mandado alguém atrás de mim. Segui então para a Pedra do Sal. Eu precisava ouvir alguém, mas não poderia ser qualquer pessoa.

Ao chegar lá, para minha surpresa, me deparei com toda a turma em frente à casa de Dom Aruanda. Logo fiquei sabendo que Zé Ruela montara uma perua em sua oficina a base de sucata. Bom mecânico, no entanto, Ruela não dirigia no trânsito, muito menos nas estradas. E era para lá que eles iriam. Por isso, esperavam o motorista que conduziria a velha kombi numa excursão mambembe.

— Dom Aruanda recebeu um convite para apresentar o circo de pulgas nuns povoados lá pelas cabeceiras de Minas — explicou Tia Efigênia.
— E a trupe resolveu ir junto. Eu vou abrir o espetáculo com um número de balé. Pra mim vai ser uma dádiva — falou uma Bianca esfuziante.
— Vocês merecem todos os sonhos do mundo — eu disse ao mesmo tempo em que beijava o rosto de Belinha e me despedia.
— Boa sorte! — Acenei para a turma e dei meia-volta, descendo a ladeira. Antes de dobrar a curva olhei novamente e vi que todos me acenavam.
— Cadê o motorista? — eu gritei.

— Não apareceu!
— Essa charanga anda mesmo?
— Anda!!! — responderam em uníssono.
— Sabe, eu sou pau pra toda obra!

A trupe mambembe despencou em minha direção às gargalhadas e me conduziu de volta, me puxando pelos braços, numa tremenda bagunça. E me vi novamente diante do velho Aruanda, que sorria orgulhoso de mim. Ele pegou seu pequeno bastão de domador de pulgas e o colocou numa de minhas mãos.

Era a dignidade, enfim.

Os sete castiçais de ouro

Ficava jogado ali, guardado por um dos arcos da Lapa, justamente aquele mais escondido na direção de Santa Teresa. Muitas vezes tinha a companhia de um ou mais meninos de rua que, abraçados às suas mamadeiras de cola, não tinham forças para dar continuidade à ronda da noite. O cabelo empedernido do mendigo às vezes lembrava aquela armação capilar de Carlota Joaquina e seus pares na aurora do século XIX; mas, dependendo do dia e da forma como o vento batia, podia transfigurar-se, também, num topete escandaloso, bem anos 50. Por isso, ironicamente, era conhecido pela alcunha de "Elvis".

De minha parte, fui batizado João, mas ganhei da vida o codinome "Aruanda". O apelido veio da Tenda de Aruanda, terreiro de minha vó que ficava nos fundos do barraco no Morro dos Prazeres. E não havia um só que não soubesse no caminho do velho bonde quem era João de Aruanda. Foi o nome que o mundo me deu, e com ele faço o meu testemunho.

Conheci Elvis numa noite de terror, uma sexta-feira de Seu Tranca-Rua, num daqueles dias em que a gente pensa: "melhor seria se eu não tivesse saído da cama". Mas, seja como for, assim foi.

Depois da confusão no bar, saí sem pagar a Marimbondo; quanto as cervejas nem digo, ficaram por conta. Afinal, era a Valquíria que enchia o meu copo a todo instante, sem eu pedir. Aliás, fora ela mesma o pivô da briga, ou pelo menos fiquei com essa impressão. A minha sorte foi que, quando eu me abaixei para me desviar da garrafa que voava em minha direção, vi Pente Fino sacar a pistola da cintura. Pior, olhou em volta da balbúrdia me procurando. Pente Fino nunca gostou de mim, e eu muito menos dele. Então, eu escorreguei agachado por detrás do balcão e, entre pisões e cacos de vidro, ganhei a rua.

Ainda tive tempo de ouvir Val berrando: "Porra, você não pode me deixar aqui na merda!". Lembro que depois do alarme da piranha foram três estampidos de tiro, sem contar que todo o bar veio correndo atrás de mim. Não havia outra saída: joguei dez no veado e vazei.

Cansado, de porre e sem a chave de casa, o melhor abrigo que encontrei foi sob o último arco, aquele voltado para Santa Teresa. Elvis dormia feito um anjo no lado oposto ao que eu estava. Sentei-me encostado no concreto com as pernas encolhidas, enquanto fechava os olhos lentamente e mirava meu companheiro de sarjeta. Dormi rápido e pesado, talvez com alguma fome. No entanto, foi uma ilusão pensar que ali eu teria o sono dos deuses. A noite não tinha acabado. Pior: mal tinha começado.

Não sei exatamente quanto tempo eu dormi, talvez um pouco mais de uma hora, mas o fato é que Val me achou. Entre cutucões e tapinhas na cara, abri os olhos e dei de cara com a vagaba.

— Tá maluco, mané!? *Vamo* nessa! Pente Fino já tá sabendo que tu tá aqui e já tá vindo pra cá! *Vamo* nessa...
— Porra, manda esse cara me esquecer. Me deixa!
— Tu sabe que tu tá errado com ele, se ficar aqui, tu dança...
— Eu já disse pra ele que a parada dele tá com o Sete; ele tem que se entender com o Sete...
— Mas ele entregou a parada na tua mão e não na do Sete! Pra não ficar ruim pra tu, tu tem que desenrolar com o Sete...
— Mas eu sei lá por onde anda o Sete! Como você acha que eu vou encontrar ele numa hora dessas?
— O Pente Fino não é de dar mole não, cumpadi. Se tu tem que acertar com ele, tu acerta. Pra tu não ser pego, tu tem que pegar o Sete antes do amanhecer! — interrompeu o vagabundo do outro lado do arco.

Elvis havia acordado e estava atento à nossa conversa. Esse povo de rua parece que dorme acordado. É a lei da sobrevivência. Eu e Val perguntamos quase ao mesmo tempo: "você conhece ele?"

— Vocês tão falando do Sete que era dono do ponto na subida da ladeira. É ou não é?
— Mas ele perdeu esse ponto há muito tempo...
— Mas ainda é o Sete.

O vagabundo desarrolhou a marafa, tragou dois bons goles e estendeu a cana em minha direção. Eu não sabia se queria ou não aquilo; mal tinha curado o porre da noite e parecia haver uma cratera no meu estômago. Pra me convencer, o vagabundo mandou a seguinte pérola: "Tudo bem, a vida é uma merda. Mas o amor vale a pena." Olhei pra ele e vendo aquela figura bisonha, me perguntei: "De onde saiu isso?"

Dono de uma voz rouca e cavernosa, Elvis era branco e devia beirar os 60 anos. Os tempos de glória já haviam passado pra ele, mas chegou a desfrutar de algum prestígio na velha Lapa. Não a Lapa clássica de Madame Satã, mas a Lapa decadente do final dos anos 70; época em que administrava umas bonecas e tinha uns pontos, além de bancar uma ou outra rodada de cachaça. E por essas e por outras, fora respeitado no seu tempo.

Se deu mal quando entregou a gerência de seus negócios para um garoto sagaz que apareceu de repente no pedaço. Nunca se soube exatamente o nome dele, mas trazia a alcunha de Sete. Elvis perdera tudo para o tal de Sete, que por sua vez, anos mais tarde, também perdera tudo pra outro vagabundo mais moço, mais malandro. Mas, como diz o dito popular, "galinha de casa não se corre atrás".

— Eu sei onde é o moquiço dele. Se tu quiser eu te levo lá. Eu quebro essa pra você.

— Pô, tu faria isso por mim? Eu nem te conheço...

— O povo aqui me chama de Elvis. Eu só quero o seguinte: o que ele te deve, ele passa a dever a mim.

— Tá limpo. A gente fica zerado assim?

— Lá na frente, você me paga o serviço com uma Havana.

— O que é isso?

— Um marafo de bacana. Ah, quero um charuto também; um cubano legítimo, só pra tirar uma onda.

— Tá bonito, tá fechado! Agora *vamo* correr atrás do prejuízo antes que Pente Fino chegue e passe o rodo em todo mundo aqui — apressou Val, ao mesmo tempo em que batia a palma das mãos.

Sete estava morando em um cabeça de porco no Estácio. Era um prédio onde outrora funcionou a revista *Manchete*, entre o presídio da Frei Caneca e uma antiga igreja evangélica. O edifício de seis andares, após anos de abandono, fora invadido no final dos anos 80 e virou uma espécie de "condomínio de sem-tetos", como alguns preferiam chamar com uma ponta de ironia. Seja lá como for, era desse cortiço que o malandro comandava seus negócios, ou o que restou deles, além de dispor de uma suíte com uma bela preta.

Descemos sob os arcos em direção à rua Mem de Sá, ainda bem movimentada. Nessa altura, eu já estava inteiramente desperto do sono que pouco antes me acometia. Val, com sua calça de malha vermelha ajustada até a canela, torneando as coxas e colada na bunda, caminhava na frente a passos largos, enquanto Elvis e eu íamos logo atrás. A pedido do parceiro filei um cigarro e passei para ele. Val, ao mesmo tempo em que caminhava decidida, olhava constantemente para os lados e para trás; estava bolada com Pente Fino.

Ao chegarmos, alto da madrugada, Elvis disparou:

— Alguém aí tem uma arma? — olhei espantado para Val, que também se mostrou surpresa com a tirada do cara.

— Pô, maluco, ninguém aqui tá armado. Você sabe disso!

— Calma, calma, a gente não vai precisar de berro. É o seguinte: vocês vão subir lá, mas, ao invés de cobrar, vocês vão oferecer uma parada ainda maior. Dá moral pra ele; diz que depois ele faz um acerto só — explicou Elvis. E continuou:

— Mostra que ele tá com crédito no pedaço. Eu só preciso que vocês cheguem nele e comecem a desenrolar essa ideia. Vou dar um tempo aqui embaixo. Depois eu chego cobrando a ele o que ele te deve.

Confesso que eu não estava gostando nada nada daquele embróglio, mas eu não tinha muita escolha. Val também ficou um tanto desconfiada, mas aceitou a proposta.

— Agora a gente já tá aqui, *vamo* lá.

Concordou ela já me puxando pra dentro do pardieiro. Resisti um pouco, dei uns safanões na Val, mas acabei entrando com ela. Já dentro do moquiço, olhei para trás e vi Elvis se dirigindo ao orelhão que ficava do outro lado da rua. Elvis não era um vagabundo qualquer.

Subimos pelas escadas arrebentadas, ladeadas por paredes com toda espécie de pichações e sujeiras. O primeiro andar parecia ser o pior de todos, com gente dormindo pelo corredor, crianças ainda acordadas e peladas, andando pra lá e pra cá, cercadas pelo odor natural ao ambiente insalubre.

Sete morava no terceiro andar, um pouco mais organizado, mas não menos fedorento. No pavimento dele, a maioria dos apartamentos — se assim podemos chamar — tinha porta, o que dava a seus ocupantes um mínimo de privacidade, coisa que não havia nos outros andares.

Elvis nos deu a dica de que o nosso homem morava nos fundos do corredor. Havia só uma lâmpada pendurada num fio esfolado para iluminar todo o andar. Por isso, já no fim do corredor, era só uma penumbra. Tinha três portas e não sabíamos em qual bater. Val achou na bolsa uma caixa de fósforos e acendeu um palito. Era o que precisávamos, já que a porta do meio estampava, misturado a uma algazarra de pichações, um enorme número 7; totalmente torto, mas era um 7.

Batemos à porta com certo receio, depois com mais vontade, até que a esmurramos. Ouvimos barulho lá dentro.

— Quem é?

— É o Sete?
— Quem tá aí?
— Sete, é a Valquíria. Tô eu e João de Aruanda.
— Qual é? O que vocês querem?
— Pô, Sete, precisamos levar uma ideia. Tem uma parada grande chegando aí, do jeito que você gosta. A gente pode somar com aquela do mês passado e depois fazer um acerto só — argumentei.

A porta se abriu. O rastafári, coberto de guias e grossos cordões de aço pendurados no pescoço, vestia apenas uma cueca. Uma mulata-loira levantou-se ainda nua do colchão esparramado no piso da sala e enrolou-se num lençol. Sete, com cara de poucos amigos, mandou a mulher preparar alguma coisa para ele beber.

— A parada tem que ser muito boa! Pra chegar na minha casa a essa hora tem que trazer coisa muito boa! Senão eu me aborreço, tá ligado?
— Chega nessa manhã, daqui a pouco, vem lá do Juramento. Não dava pra esperar, entende? Escolhi fazer a parada com você porque a gente já tem aquela dívida... Aí você vai ganhar muito e vai poder me pagar...
— Aí, Aruanda, Sete não tem dívida com ninguém. Nós temos uma situação que tá no desenrolo, sacou?
— Tá tranquilo, parceiro, eu sei disso... Mas você sabe como é que é, eu também tenho os meus acertos, vagabundo fica em cima.
— Você sabe que comigo não tem erro, sou firmeza. Pago quando posso, no meu tempo certo. Mas não gosto de ser cobrado. Se me deixar puto, aí fica difícil. Eu não gosto de vacilo comigo...

O papo, intermediado vez ou outra por Val, corria nesse ritmo quase amistoso, sem muita definição, alguma ameaça, e total desconfiança de ambos os lados. Em determinado momento, Sete botou pressão e perguntou:

— Mas e aí, Aruanda, qual vai ser da parada?! Comigo o papo é reto!

Meteram o pé na porta, que se escancarou de uma só vez batendo com força na parede. A sala ficou pequena. O bando contava com três sujeitos que invadiram logo de frente, abrindo caminho para mais dois que vinham logo atrás: Pente Fino e o desvalido Elvis. Quando Sete viu os dois, logo arregalou os olhos. Percebeu que a merda era grande e que tinha sido pego de surpresa. Tinha consciência da dívida que tinha com Elvis, a quem jogou na sarjeta; só não sabia que tempos depois o ex-sócio plantou o moleque Pente Fino na área. Para Elvis, não bastou Sete perder os pontos e o mando da área, o acerto ainda não estava completo. Era hora do troco: dente por dente, olho por olho.

Eu não conhecia a metade da história, todos ali deviam alguma coisa um ao outro, os caminhos se cruzavam. Quando vi Pente Fino só faltei me borrar, me veio aquele pensamento: "perdi". Mas não; Pente Fino devia muito ao malandro Elvis, que aliviou minha barra. A coisa estava complicada mesmo era para o Sete, que resolveu se voltar contra mim.

— Aí mané, você armou uma crocodilagem! Você acha que não vai ter volta?

Elvis intercedeu:

— A tua dívida com ele agora é comigo. O negócio é entre eu e você, e eu quero o zimbo agora!

— Tá falando alto hoje, *né*, otário? Tá com escolta, eu tô vendo... tô só te filmando. Eu vou te pagar agora...

Sete se virou e foi em direção à cômoda no outro lado da sala. Pente Fino e seu bando se armaram. Sete viu que não tinha chances. Parou e se virou em frente à cômoda.

— Eu tô querendo acertar tudo, mas vocês não querem, não tão sabendo jogar.
— Eu não jogo com otário traíra — mandou Elvis.

Eu assistia a tudo aquilo meio trêmulo, sem ação, mas Val teve a melhor iniciativa para o momento: entrou na conversa dizendo que aquele acerto era entre eles e que ela ia "aguardar lá embaixo". É claro que eu acompanhei a minha parceira. O que não esperávamos aconteceu no meio do caminho. Sete contava com comparsas que também moravam no moquiço. Eles viram todo o movimento na entrada da cabeça de porco, principalmente quando Elvis, Pente Fino e seu bando chegaram. Perceberam o bote e tiveram tempo de se armar e subir.

— Voltando, já? Tá muito cedo pra ir embora — ouviu Val do vagabundo que vinha à frente.

A porta estava aberta quando o bando de Sete chegou. E, claro, o bicho pegou. Não teve tempo de muita discussão. Arisca, Val deu um puxão no meu braço para baixo enquanto se atirava no chão, gesto que eu acompanhei instintivamente. Era bala pra tudo quanto é lado. Fomos nos arrastando para o corredor e debandamos escadas abaixo. Veio vagabundo atrás. Saímos pisando em gente que ainda dormia nos corredores escuros, ao mesmo tempo em que a gritaria e o tumulto tomaram conta do pardieiro. Val gritou para mim: "Não vamos conseguir." Correu para dentro de uma espelunca sem porta já no corredor do térreo. Mas eu já estava mais à frente e ganhei a rua. Eu tinha duas opções de fuga: o lado do presídio ou da igreja evangélica. Fugi na direção que meu nariz apontava, ou seja, a segunda opção.

O dia já começava a amanhecer, e eu não teria muita chance de escapar dos vagabundos que vinham atrás. O muro gradeado da igreja era alto, mas não intransponível; eu só tinha que ser rápido. E num bote arisco, numa fração de segundos, eu estava do lado de dentro. Havia um acesso lateral que dava pros fundos do templo e, meio agachado, tratei de correr por ele. Mas, no meio da fuga, ouvi uma voz doce: "Bom dia!"

Marina morava com os pais nos fundos da igreja e era encarregada de cuidar dos jardins do templo. É claro, logo no primeiro momento, tomei um susto. Podia ser uma das mulheres de Pente Fino que, mais rápida que os outros, teria chegado a mim num estalo. Nessas horas não tem jeito, você tem que parar e se entregar à sorte. Parei ofegante, era tudo ou nada. Ela percebeu o meu desespero.

— Posso te ajudar? — perguntou. Bastou eu olhar para a moça por dois segundos para nunca mais confundi-la com qualquer outra mulher.

— Se você puder, é tudo o que eu preciso, mas tem que ser agora! — respondi.

— Você está fugindo?

— Eu preciso me esconder, depois eu explico. Querem me matar!

Corri até o final, dobrei à direita, e me escondi nos fundos do templo. Marina ficou parada com alguns galhos secos nas mãos sujas de terra. Ouvi vozes lá na frente no exato momento em que eu dobrava para os fundos. A chamaram no portão.

— Aí, mona, você deve ter visto um mané correndo pra esses lados. Isso rolou agora, você viu o cara, não viu?
— Eu estava agachada, ouvi um barulho de gente correndo na rua, mais nada do que isso.
— Você tem certeza de que não entrou ninguém aí?
— Aqui não tem ninguém que te interesse ou precise de você.
— Aí, vou acreditar na tua, mas se você tá de caô, a gente volta, tá ligada? É melhor falar a verdade porque Pente Fino pode vir cobrar.
— A minha verdade é uma só.
— Aí, vai perder tempo nessa furada? *Vamo* nessa, senão o alemão vai sumir na poeira — alguém disse.
E eles se foram.

Marina me encontrou encolhido atrás de uma pequena escada de concreto. Quando ouvi os passos dela se aproximando, não sabia quem era. Fechei os olhos e rezei a única prece que eu conhecia. Era uma Ave Maria meio rota, com alguns versos do Pai Nosso misturado com a oração de São Jorge. "Está tudo bem." Abri os olhos para ver a morena da cor das amêndoas, de beleza sublime. O sorriso puro contrastava com uma instigante malícia no olhar. Nos olhamos por alguns segundos em silêncio. Até que eu disse "Obrigado".

Ela tinha 22 anos e era evangélica desde sempre. Talvez, se fosse uma marciana, vivesse em um mundo mais próximo ao meu. Éramos de planetas díspares, mas, naquela manhã, bebemos chá de capim-limão e tentamos nos comunicar de alguma forma instintiva. Ela era a luz.

Eu tinha dificuldades de entender as palavras que saíam de sua boca; no entanto, ela me ouvia, entendia e ria. Timidamente, mas ria. Conforme eu havia prometido, expliquei algumas coisas da minha vida, do meu mundo, para que ela compreendesse ao menos naquele instante como eu havia chegado ali daquele jeito.

Marina conhecia pouco ou nada sobre as ruas, apesar de que esperava o momento de conhecer outras terras numa vida missionária. Tirou do bolso um pequeno livro e o abriu aleatoriamente. Leu para mim dois versículos que me pareceram charadas, enunciados estranhos como "aquele que tem na sua destra as sete estrelas e que anda no meio dos sete castiçais de ouro (...)". Era no mínimo curioso. Então, peguei suas mãos e as analisei como se conhecesse a quiromancia dos ciganos, e procurei ali uma magia qualquer. Talvez quisesse encontrar as tais sete estrelas entre aqueles dedos pequeninos. Percebendo o meu encantamento, ela apenas citou: "Apocalipse, 2", e completou, "um dia você vai entender".

Meio sem ação, eu debandei em falar das ruas, dos bares, das bocas, dos becos, e de quão grande era o meu mundo. E ela ria, ao mesmo tempo em que movia o rosto de um lado para o outro. De repente, ela parou de sorrir e com total docura, confessou:

— Eu estou úmida.
— Marina! Marina! — era a mãe dela lá na frente procurando pela filha entre os canteiros. O tempo passou e nós não percebemos. Eram quase nove horas da manhã. "Agora eu tenho que ir", ela disse. Calado, apenas me aproximei e, após fechar os olhos, beijei sua face.

Reencontrei Val duas semanas depois no Largo dos Guimarães, na subida de Santa. Até então, fiquei entocado dentro de casa esperando as coisas se acalmarem. Ia no máximo à birosca ao lado beber alguma coisa e comer um tira-gosto. Um e outro me davam notícias lá de baixo e assim fiquei sabendo que "o bicho tinha pegado para Pente Fino". Dos retalhos, cheguei à conclusão de que o malandro tinha caído, fato que me encorajou a voltar ao *front*. Feito rato encurralado que, aos poucos, recomeça a circular no ambiente, comecei a percorrer os bares lá em cima.

Finalmente, revi minha parceira, cheia de moral, que já chegou pagando geral.

— Porra, meu, não tô te entendo! Onde você se meteu? Tá com medo do rodo? Aí, se liga!

Só então, com detalhes narrados por Val, descobri que naquela madrugada de Tranca Rua Pente Fino e Sete se acertaram, literalmente falando. Sete ainda chegou com vida no hospital, mas Pente Fino morreu lá no moquifo mesmo. Além deles, morreram mais dois. Elvis saiu do episódio com algum prestígio, mas já não tinha calibre para sustentar uma situação de liderança.

Ele não estava mais jogado nas ruas, descolara um quarto na rua Ceará. Val mais um tal de Choque, começavam a dominar o pedaço. Ela tratou de me dar um recado: "Elvis tá esperando a marafa e o charuto."

Val também tinha umas propostas para mim, ou seja, negócios. Ela estava de olho num sobrado na área, onde um político daria uma cobertura. A casa teria belas meninas, strippers, meia dúzia de cabines e tudo mais. Precisava de um gerente de confiança e eu seria o cara. O serviço de segurança ficaria com Choque e seu bando. Duro, sem perspectiva, eu teria de aceitar. Mas, no fundo, sabia aonde eu chegaria com aquilo. Era apenas uma questão de tempo.

Mesmo assim, marquei com Val na esquina da Mem de Sá com a Gomes Freire para amarrar o negócio. Além disso, eu tinha que acertar a minha dívida com Elvis. Fui à luta do meu jeito para arrumar a grana nas ruas.

Marcamos para a noite do sábado seguinte. O dinheiro que arranjei ainda não era o suficiente. Então, tratei de vender o meu cordão de aço com medalha de São Jorge, cruzada na Bahia, e o pouco que eu tinha com algum valor para comprar a pinga e o charuto de bacana.

Para entrar naquele negócio, eu sabia que, no mínimo, não poderia estar devendo a malandro nenhum. Cheguei ao encontro meio cabreiro, como todo mundo ali. Val deu uma gargalhada quando entreguei nas mãos dela o marafo e o charuto de Elvis. Estava no auge, se sentia uma rainha. Dei um trago no cigarro, joguei a guimba na encruza, olhei para os lados e para o outro lado da rua. Então, vi uma luz.

Era um sorriso, era uma menina-mulher, era Marina. Atravessei a Mem de Sá sem entender nada, ao mesmo tempo em que sentia o meu corpo flutuar. "O que você está fazendo aqui?", perguntei. "Eu vim te buscar", ela respondeu. Val veio logo atrás e, naquele tom intempestivo, mandou: "Qual é a da mona?", e, continuando, lembrou que "Elvis tava fazendo um movimento na Ceará e nos esperava por lá". Não respondi. Apenas olhei para Marina e sorri junto com ela. Demos as mãos e seguimos, sem nada dizer. Alguém já nos esperava há muito tempo.

Relíquias da Cultura Nacional

Não fossem as duas medalhas toscas penduradas no pescoço, o corpo do malandro Zé Menino teria sido jogado no canal do Mangue. Seria um mero incidente de carnaval. O carro alegórico que o atropelou tinha proporções gigantescas, sendo o mais luxuoso que o Grêmio Recreativo Acadêmicos Imperiais trouxera naquele ano para o desfile. Quem sentiria falta do velho Menino?

Mais da metade da escola já desfilava sob as luzes da Passarela do Samba quando ocorreu o imprevisto. É claro que, no momento exato em que o carro passou por cima dele, ninguém, ou quase ninguém, percebeu. Só viram o corpo do sujeito quando uma das rodas laterais emperrou. "Tira esse velho bêbado daí, tá tirando o rumo do carro! Anda rápido com isso!", gesticulava, aos gritos, o diretor de harmonia. Realmente, Menino atrapalhou o mais belo carro do Acadêmicos Imperiais, que naquele ano trazia o enredo Relíquias da Cultura Nacional.

O mastodonte vinha fechando a apresentação da escola, à frente apenas da ala da diretoria, e reproduzia um antigo botequim, com os tradicionais azulejos em preto e branco cobrindo as paredes. O palco móvel tinha na boca de cena mesinhas de madeira com tampos imitando mármore e, ao fundo, um grande balcão de boteco, com o boneco de um galego de grossos bigodes diante de uma caixa registradora, daquelas do tempo do Onça.

Mas o grande show estava nas mesinhas do bar. Esculpidas em gesso, as réplicas dos velhos sambistas eram perfeitas. Num encontro de bambas inimaginável, confraternizavam entre copos de cerveja e cachaça, com seus violões, flautas e pandeiros, figuras como Nelson Cavaquinho e Noel Rosa ladeando Ismael Silva. Logo a seguir, se podia ver Pixinguinha fazendo uma firula na flauta, para deleite de Donga, Bide e Cartola. Geraldo Pereira, lá atrás, vinha cochichando alguma coisa no ouvido de Sinhô, enquanto Carlos Cachaça, alheio a tudo, erguia um pequenino copo no ar, fazendo jus ao nome.

O problema é que o velho preto achou de ter troço ali, na concentração, bem no meio da pista da Presidente Vargas, a alguns metros da entrada da Marquês de Sapucaí. O acidente, segundo um dos empurradores do carro, ocorreu quando o homem pulou na frente do Mestres do Samba — esse era o nome do carro — e ficou estupefato, admirado com o que via. Segundo o rapaz, ele já estava caído quando foi atropelado. Talvez, tivesse sofrido um infarto. Mas, naquele momento, nada parecia interessar ao diretor de harmonia. A escola tinha que passar e, é claro, com a sua principal alegoria. "Joga esse velho no Mangue", ele ordenou a dois operários da escola.

Entre mulatas esculturais desnudas, corpos suados e alas de malandros estilizados, um repórter iniciante corria de um lado para o outro com sua caneta e seu bloquinho nas mãos. Ele ficou sabendo lá na frente que o Mestres do Samba havia atropelado gravemente "uma passista". Veio correndo em direção à concentração entre as alas, seria sua chance de ter um furo de reportagem. Chegou a ser agarrado por um dos seguranças da escola, mas conseguiu se desvencilhar e continuou correndo. Chegando à outra ponta, viu o carro majestoso se preparando para entrar na Avenida. Na ala dos diretores, logo atrás, procuraram minimizar o caso. Já estaria tudo resolvido, "o importante agora é o carnaval", dizia um deles.

No entanto, o repórter não se convenceu. Como quem não quer nada, seguiu em direção à área da armação. A Acadêmicos Imperiais, enfim, estava por inteiro na pista, mas seu espaço na concentração ainda não havia sido ocupado pela escola seguinte. Ouviu, então, um vendedor de cerveja comentar com um freguês, ao abrir o isopor para pegar uma lata, algo como: "Ninguém respeita mais ninguém. Vê só, foram jogar o pobre coitado no Mangue, como lixo."

O jovem escriba pediu uma gelada e passou a apurar detalhes sobre o "lixo" do qual o ambulante falava. Confirmou que não se tratava de uma passista, mas de um velho que se colocou diante do carro gigante. "Passaram com o corpo ainda agora para lá." Essa foi a senha para ele largar um punhado de moedas contadas sobre o isopor e correr no rastro do cadáver.

À beira do canal do Mangue destacava-se uma confusão maior do que o repórter poderia supor, com um bate-boca geral entre seguranças oficiais e não oficiais. O foca se aproximou e finalmente viu no meio do bolo o corpo do homem jogado ao chão, pronto para ser lançado no canal fétido que rasga a avenida Presidente Vargas.

Quem impediu tudo foi uma velha baiana vendedora de cocada, que chamou um guarda e denunciou o descaso com o corpo do homem. Mas, ainda assim, o fato seria consumado, sobretudo porque o guardinha não tinha autoridade alguma. A ordem, conforme os seguranças da escola disseram, era apagar a história do atropelamento. "O Homem não quer problemas com os homens", teria dito um deles.

A velha, percebendo que o jovem curioso não era sambista nem segurança, mas alguém de fora interessado no caso, o chamou num canto.

— Ele foi um grande compositor no passado, muito respeitado no Estácio, era da minha Unidos de São Carlos. Você já ouviu falar na pioneira Deixa Falar? Ele foi um dos fundadores — disse a ambulante quase sussurrando no ouvido do rapaz. E mostrou que sabia mais do cadáver do que se supunha:

— Abre a camisa dele; ele carrega no peito um pouco de quem ele foi.

Apesar de não entender muito aquela prosa, o repórter pediu licença aos homens que discutiam em torno do cadáver e fez o que a velha mandou.

Havia ali duas medalhas: uma com o símbolo do quarto centenário da cidade do Rio de Janeiro, em 1964, onde se lia "Menção Honrosa — Ala dos Compositores", e a outra cunhada com uma gravação rudimentar da Escola de Samba Unidos de São Carlos, de 1965, com o brasão da Cidade Maravilhosa. Não se sabia exatamente a origem das medalhas ou a sua importância verdadeira. Mas, seja como for, serviram de pretexto para o repórter blefar.

— O velho tem condecoração da Prefeitura da Cidade. Se não respeitarem o presunto, vocês vão se ferrar! — disse para os leões de chácara.

Boêmio de larga reputação, Zé Menino aprendeu a compor nas rodas e batucadas do Largo da Prainha, da Pedra do Sal e da Praça XI — berços do samba carioca. Como compositor, jamais registrou qualquer das suas músicas, já que não considerava esse o seu principal ofício. Aliás, seu principal ofício sempre fora uma incógnita. Improvisou jongos com João da Baiana, virou noites com Geraldo Pereira, cantarolou com Ismael, flertou com Pixinguinha. Cansou de correr da polícia por causa de batucadas, não só nos botecos como nas giras nos terreiros.

— No fundo, no fundo, ele se viu no carro, junto com os velhos amigos. Conviveu com a maioria deles. Ele era um deles — disse a velha ambulante para o repórter, que percebia a grande história que tinha nas mãos. Mas quem estaria interessado?

O fotógrafo da mesma revista para a qual o foca escrevia o encontrou ali, diante da velha.

— Pô, você sumiu. Eu fiz a foto da madrinha de bateria, você tem que pegar umas palavras dela. Ela tá arrasando. Pode dar capa!

O blefe sobre a importância do presunto fizera efeito, e os seguranças resolveram voltar para o desfile. Aos poucos, a atenção de todos retornava para a Avenida. Atônito, o repórter olhava o cadáver de Zé Menino, já sem um dos sapatos e sujo, na beira do Mangue. Mas, a cabeça do jovem estava longe, muito longe dali.

O Grêmio Recreativo Acadêmicos Imperiais começava a levantar as arquibancadas. As relíquias do Brasil que a escola levara para a passarela emocionavam a todos. O prefeito da cidade, após beijar a bandeira da agremiação, desmanchava-se em lágrimas diante do carro Mestres do Samba. E discursava de forma eloquente para as câmeras de televisão:

— Foram eles que escreveram a nossa história, por isso nós os reverenciamos. São as relíquias da cultura nacional, são os nossos mestres! Os donos do carnaval!

Festa de Preto-Velho

Eu calculo as horas, somo o tempo, conto a vida. Do alto dos meus 80 anos, nada mais me surpreende, mas tudo me diverte. Sou um preto-velho, e por isso sou considerado por muitos um sábio. Mas não é bem assim. A verdade é que eu sei muito pouco. Aprendi no curto tempo de escola e com a vida duas ou três coisas, e olhe lá.

Hoje tem festa no Terreiro de Caridade João de Aruanda, bem aqui em frente. É 13 de maio, Dia de Preto-Velho. Há um desfile de carros e gente bacana na frente do templo. A casa tem fachada de mármore e uma pequena cachoeira artificial no jardim, mas houve um tempo em que nem pintura o terreiro tinha. Agora, o nome João de Aruanda brilha numa moldura em neon, dá gosto de ver.

O povo não para de chegar. Uma mulher alta, ruiva, trajando um longo vestido branco, carrega nas mãos uma braçada de rosas da mesma cor. Ela aguarda diante da Cachoeira de Oxum o marido que ainda procura uma vaga para o carro espaçoso. Parece que está com dificuldades. Ao mesmo tempo, chega uma van que descarrega oito pessoas de uma só vez para a festa, que deverá varar a madrugada. Nós, os preto-velhos, merecemos.

O cheiro do defumador domina as imediações e assim ficará por um bom tempo, sendo substituído mais tarde pela fumaça espessa de mais de uma dezena de cachimbos acesos. Eu gosto da cantoria e canto alto os pontos mais bonitos: "Oxalá, meu pai, tem pena de nós, tem dó, a volta do mundo é grande, teu poder é ainda maior". Vejo mais aflição do que esperança nos olhos de toda aquela gente bem-vestida. O que esse velho poderia fazer por elas?

É curioso ver aquelas madames e aqueles senhores de paletó comerem a feijoada. Assim como no tempo da senzala, não tem garfo, não tem colher, não tem faca. Come-se com as mãos. Eles não sabem fazer aquele bolinho com a farinha. A maioria prefere nem comer. Esse tipo de coisa me diverte. Muitas daquelas pessoas eu já conheço de vista, imagino os seus embaraços. Aperto os olhos por causa da miopia — a visão do velho está cansada — e revejo o vereador de tantas eleições. Está ali em busca de mais um mandato.

As saias branquinhas das vovós incorporadas rodopiam no terreiro ao ritmo dos atabaques. Os vovôs também dançam, enquanto o povo bate palmas cadenciadas. É uma festa bonita. Eu me divirto em assistir à jovem russinha dançando como uma velhinha. Dizem que é neta de general. Ano passado doou alta soma de dinheiro para a casa. O zimbo foi suficiente para que fosse concluída a obra na sede campestre, na Costa Verde. Cê sabe, alguns trabalhos têm que ser arriados na mata...

É bonito ver toda aquela gente que chega e que sai se ajoelhar em frente à imagem do preto-velho, logo na entrada do terreiro, ao lado da Cachoeira de Oxum. Como eu fico na direção da porta, cá de fora olho pra ele e ele lá de dentro olha pra mim cá fora. Não precisamos dizer nada. Na verdade, um é a cara do outro, parece até um espelho: carapinha branca, roupa puída, pés descalços, o pito numa das mãos. Somos filhos da África.

Todos se benzem diante do meu irmão; pedem licença para entrar e para sair. Alguns jogam até dinheiro. E ele me olha nos olhos, imóvel, me fitando o tempo todo. Eu sei que se ele pudesse se levantaria dali e me daria o coité com café que acabaram de colocar à sua frente. Mas, que importa? A noite está fria, mas eu ainda tenho folhas de jornal para me cobrir. A marquise é grande, me protege do sereno. Por isso, não saio desse canto por nada. A rua é minha casa. Vou dormir ao som de atabaques e de uma boa cantoria. Afinal, é Dia de Preto-Velho. Tudo me diverte.

O estranho Miles

Miles estava escondido atrás do balcão do velho armazém, escorado por três gigantescos sacos de farinha de trigo. Se bem me lembro, entrei no lugar para comprar batatas, mas logo descobri que o pardieiro também funcionava como boteco. Eu bebia uma cerveja preta, entre réstias de cebola e salames pendurados, quando percebi a presença dele. Tive vontade de abraçá-lo, brindei ao nosso encontro. Sua figura chamava a atenção pelo pavilhão do trompete, que era possível ver sobre seu ombro esquerdo. O saco de farinha que encimava a pilha estava furado, fazendo uma cavidade. Por ali via-se parte da cabeleira negra do homem emoldurando os imensos óculos escuros. Havia respingos de uma tinta avermelhada; ou, sabe-se lá, jogaram ali um copo de vinho. Amarelado pelo tempo, o retrato em preto e branco era sujo e arranhado.

Não pude resistir. Aproveitando-me de um descuido do galego, dono da quitanda, pulei o balcão e arrastei os sacos de farinha. Uma nuvem de farinha branca se formou rapidamente. O pó branco cobriu a cara do jazzman, dando-lhe um aspecto ainda mais enigmático.

Saí apressado da venda com Miles Davis debaixo do braço. Por alguns instantes achei que o galego corria atrás de mim. Imaginei o infeliz com um porrete nas mãos, atrapalhado com as banhas da barriga saltando sob a camiseta. Dobrei a esquina e atravessei a avenida correndo entre carros. Havia um ônibus saindo do ponto. Pulei sobre seus degraus, mas Miles ficou preso nas extremidades da porta. O motorista apressado apertou um botão e as portas se fecharam. Eu fiquei do lado de dentro, e Miles, do lado de fora, pendurado numa das minhas mãos.

Cheguei em casa um tanto atônito, mas feliz. Eu estava certo de que havia feito a coisa certa. A mulher quis saber o que era aquilo. Disse-lhe sorrindo:

— É Miles!
— Hã??

É preciso deixar claro que a dona não teve a mínima curiosidade ou vontade de dialogar. Foi logo colocando o dedo em riste na minha cara. Me mostrava panelas vazias. Berrava línguas estranhas e balbuciava coisas como "comida! comida!". Miles Dewey Davis, impassível, olhava a cena com indiferença. De repente, panelas começaram a voar em minha direção. Comecei a ver tudo em câmara lenta. Eram copos, garrafas, o que tivesse pela frente da mulher.

— Ah, sim, as batatas — lembrei.

Mas, naquele momento, não havia mais nada a falar, não falávamos a mesma língua. Ela estava em transe e o mundo acabara de ruir. Miles, que observava tudo com um olhar fixo, não parecia preocupado com batatas. Lá fomos nós, feito dois anjos imaculados perdidos na noite. Havia um fio de sorriso na minha face. Apesar do despejo, eu ganhara algo em troca. Não sabia bem o quê. Me sentia bem sem ter para onde ir. Meu amigo emoldurado parecia esboçar um sorriso cínico.

Naquela mesma noite encontrei Tina. Bebia Coca-Cola e comia cachorro-quente com duas amigas numa esquina qualquer da Lapa, a velha zona boêmia do Rio. Ganhei uma salsicha e falei para ela sobre Miles. Não foi preciso nem pedir, ela foi logo dizendo que tinha um lugar perfeito para nós ficarmos.

O ateliê de "Tio Jacques" ficava perto dali, na rua Mem de Sá. Tio Jacques estava em São Paulo cuidando de uma exposição e, quando se ausentava, costumava deixar a chave do sobrado com Tina. Foi uma festa. Havia uma coleção de velhos LPs sobre uma grande mesa retangular, no canto da sala. Os discos, misturados a tubos de tinta, pincéis e garrafas de uísque e vodca, formavam uma coleção bem eclética. Tina encheu nossos copos e colocou Os oito batutas para tocar.

Tirei um quadro confuso do cavalete e coloquei Miles em seu lugar. Continuou confuso, mas me pareceu bem melhor. Alguém bateu à porta. Era Desirrèe, uma das amigas que acompanhavam Tina horas antes. Desirrèe queria ser artista plástica e na ausência de Tio Jacques frequentava o ateliê. Com suas botas que subiam até os joelhos começou a acompanhar Tina num balé de evoluções estranhas. Dizia que aquele era o seu mundo. De certa forma, era o mundo de todos nós. A figura de meu amigo era cada vez mais patética, esfolada pelos maus tratos, pelo tempo.

Tina não tinha dado muita atenção à minha aquisição, mas Desirrèe logo compreendeu que Miles estava mal. Chamaram-lhe a atenção justamente os lábios do trompetista. Ela considerou que estavam desfigurados, resolvendo então retocá-los. E pôs-se a mexer em pincéis e tintas. Experimentava misturas, buscava novos tons para o vermelho. Enquanto dançava com Tina, eu observava Desirrèe fazer novos contornos nos lábios do moço. Deu-se por satisfeita quando transformou a boca do músico num repolho psicodélico.

Tina retorcia o corpo ao som saltitante de Pixinguinha que saía da vitrola. Eu bebia goles de vodca e tentava acompanhar o seu difícil bailado. Desirrèe movimentava os braços e a barriga, parecendo simular a dança do ventre. De vez em quando, ela metia o pincel na cara de Miles e olhava para mim como se buscasse a minha aprovação. Segurava na mão esquerda uma garrafa de vodca e na direita um pincel.

Os cabelos do cara, antes esbranquiçados por causa da farinha, ficaram vermelhos após as pinceladas de Desirrèe. Confesso que gostei muito, Miles rejuvenesceu. A bebida queimava o meu estômago, mas Tina insistia que eu dançasse ao som de Itamar Assumpção, aos berros. Desirrèe veio para cima de mim com os tubos de tinta vermelha nas mãos. Com os dedos, dava pinceladas em meus cabelos. E também fiquei de cabelos vermelhos. Tina tirou os óculos escuros que trazia pendurados entre os seios e os enfiou no meu rosto. Meus lábios, igualmente, não foram poupados.

A música muito alta deve ter incomodado alguém. Eu dançava de olhos fechados e girava em torno de mim mesmo quando, de repente, a música parou. Estávamos cercados por policiais surgidos do nada. A princípio, três ou quatro, depois mais outro e mais outro, era um bando deles. Tina e Desirée já estavam imobilizadas com os braços retorcidos para trás. Logo fizeram o mesmo comigo. Fomos conduzidos em direção à porta de saída, enquanto dois deles ficaram revistando o local. Olhei para trás procurando por Miles, que desta vez me evitou. Esses momentos realmente são muito difíceis. Mas, confesso, esperava uma solidariedade maior por parte dele. Cara estranho esse Miles.

Na delegacia fomos fichados um a um. Um detetive meteu a mão na bolsa de Desirrée e cantou para o escrivão "Desirrée Antunes". Depois, a vez de Tina: "Sebastião Pedroso", e a minha, por fim. Claro, o fim da noite foi péssimo e todo o dia seguinte também. Fui liberado no final da tarde, eu era um réu primário. Quanto a minhas amigas, por lá ficaram.

Trazia o gosto da morte na boca. Ainda tinha uns trocados amarfanhados no bolso, o suficiente para pagar o ônibus, mas tomei um caldo de cana com o dinheiro. Fiz meu caminho de volta a pé. Andei durante cerca de quatro horas sem parar, mas sem pressa de chegar. Bati à porta e lá estava a mulher. Como sempre, já me esperava. Escancarou a porta e mandou que eu entrasse. Apontou para a mesa, sugerindo que eu sentasse. Nem os óculos escuros nem os meus cabelos vermelhos chamaram a sua atenção.

Com aquela cara de poucos amigos, veio em minha direção com uma faca enorme. "Ela vai me sangrar como se um eu fosse um porco", pensei. Mas, não. Colocou o facão em minhas mãos. No buraco debaixo da pia havia um saco. Ela o pegou e o despejou na minha frente, fazendo com que batatas se espalhassem como bolas numa mesa de bilhar. As lentes vagabundas dos óculos escuros de Tina emprestavam aos legumes uma coloração azul-violeta. A mulher me encarou com firmeza e sacudiu a cabeça demonstrando impaciência. Resignado, comecei a descascar batatas.

O último gole

Vou encontrar você no fundo do copo,
mesa de bar.
Bebo sóbrio, bêbedo sozinho, carregando a certeza
de que devo errar o caminho.
Para mais uma vez procurar você no fundo do copo.
Agora, vazio.

O noivado de Perninha

É provável que ninguém saiba, mas Senador Camará já foi um celeiro de estrelas do rádio. Lá pelos idos de 1971 meu pai comprou uma casa num conjunto habitacional chamado Bairro Araújo, e por lá moramos durante um ano ou um pouco mais. Eu era menino e fiquei como pinto no lixo. Ia para a escola pela manhã, bem cedinho, e voltava na hora do almoço. Sem perder tempo, trocava de roupa, fazia um cafuné no meu cachorro Lobo, almoçava e ia pra rua soltar pipa.

Era um mar de casinhas geminadas, dividas em ruas denominadas rua 1, rua 2, rua 3... e assim por diante. Eu morava na rua 4. O bairro era cortado ao meio por um rio, já um tanto poluído. O campo de futebol maior ficava do outro lado do rio. Mas, na minha rua, do lado de cá, também tinha um campo. E havia montanhas não muito longe dali, como o pico da Pedra Branca e a serra do Mendanha, além de pântanos, onde a brincadeira era pescar rãs e comê-las assadas na hora.

Mas, sobretudo, havia estrelas do rádio. Uma das maiores audiências naquele tempo — pelo menos em Senador Camará — era um programa sobre a ronda policial na cidade. Lá em casa e, creio, em toda cercania dos Araújos, se podia ouvir o tal noticiário encharcado de humor. Era imperdível porque quase todos os dias alguém da vizinhança era notícia. Em frente à minha casa, lembro, ficava a casa do Toquinha, na esquina. Era um chefe de família diferente. Não exatamente um chefe. Estava sempre de short, sem camisa, e com uma meia de mulher enterrada na cabeça, na vã tentativa de alisar os cabelos crespos e negros de henê.

Toquinha era um pudim de cachaça. Tinha umas cinco filhas, das quais, uma das mais novas, a Irene, eu considerava minha namorada (trocávamos umas bitocas na beira do rio, à noite, e soltávamos pipa durante o dia). As duas mais velhas já estavam na pista; principalmente a Eudoxia. Mulata para 36 talheres, com pernões que mal cabiam dentro do shortinho, sempre dançando com um copo de cerveja nas mãos, seja no meio da sala, na varanda ou, sabe-se lá onde, quando ia para o quarto com os amigos da casa. Aliás, a casa estava sempre cheia de amigos. A mãe era a anfitriã mor, enquanto o marido Toquinha ficava encarregado de servir as bebidas. Ele bebia cachaça *on the rocks*, pois fazia cubos de gelo com pinga (dizia que era para não aguar a preciosa branca). No meio dessa zona toda, é claro, às vezes o bicho pegava. A polícia baixava na porta e não dava outra: no dia seguinte o rebuliço estaria no programa radiofônico.

Eram episódios memoráveis. Um dos mais antológicos foi o noivado da Marlene, filha do meio do casal, com Perninha. Ele era um assíduo frequentador das festas diárias que rolavam na casa. Não seria preciso dizer que os dois se conheceram ali mesmo, se engalfinharam num dos quartos do divertido lar por alguns dias e, numa noite de bebedeira, resolveram anunciar o noivado.

Para contar com o apoio irrestrito dos pais da noiva, Perninha, inteiramente mamado, prometeu que bancaria um grande churrasco para celebrar a união. O problema é que Perninha não tinha um conto no bolso — ele não trabalhava, não estudava, mas era muito conhecido no bairro como um exímio soltador de pipa. Toquinha adorou a ideia e tratou de marcar a data do evento. A princípio seria num sítio, mas depois resolveu que seria ali mesmo. Perninha, arrependido, não tinha como voltar atrás. Ele contava apenas com seus inseparáveis amigos Jurú e Catatau. Aliás, foram os dois que o colocaram naquela fita, que agora ele jurava que era a maior furada.

— Pô, olha no que vocês me meteram!
— Mas quem inventou a história de noivado foi você. Agora segura...

Mas, é claro que Jurú e Catatau não deixariam o parceiro sozinho. Teria de haver uma solução. Velhos habitués da casa, seria uma desmoralização cancelar a festa e, consequentemente, o noivado. Então Catatau tomou uma decisão. "Precisamos garantir, ao menos, a carne do churrasco. A bebida, o Toquinha passa o chapéu e providencia. A gente coloca umas caixas de som lá no quintal e deixa o pau quebrar". A partir dessa premissa, a coisa começou a clarear. Faltava apenas executar a segunda parte do plano. Onde arrumar dinheiro para comprar a carne?

Havia tempo que Jurú e Catatau estavam de olho numa vaca que ficava pastando num terreno lá no final da rua Mantiqueira, logo atrás do conjunto. O problema é que a vaca não estava ali de bobeira, tinha dono. Mas, não havia tempo para se pensar nesses detalhes. O plano era pedir a kombi do Deofrildo emprestada, dar um jeito de colocar o gado lá dentro, e tocar para Santa Cruz. Eles conheciam o vigia do velho matadouro, um tal de "Jorge Tapa", que poderia fazer o corte da carne. Como pagamento, ele poderia ficar com parte da vaca. O plano era perfeito. Tão perfeito que Perninha, mais relaxado, passara a curtir a história do noivado.

Com a festa marcada para o sábado seguinte, o sequestro da vaca fora marcado para a quinta-feira daquela semana. Toquinha, animadíssimo, comprou um engradado de Coquinho e Pitú. Para arrecadar fundos, resolvera passar uma rifa da velha lambreta que guardava no fundo do quintal. Apesar de enguiçada, fazia questão de afirmar que se tratava de uma relíquia e teria aparecido, inclusive, em um filme da Atlântida. Ninguém estava muito interessado nisso, mas como o interesse em participar da festa era grande, todas as rifas foram vendidas rapidamente. Catatau já havia passado um papo no Deofrildo, ex-candidato a vereador, que lhe emprestaria a kombi na quarta-feira à noite. No entanto, os imprevistos acontecem.

Um problema na correia dentada fez com que a perua fosse parar na oficina na terça-feira. Já era quinta-feira, hora do almoço, e o serviço não ficara pronto. Perninha estava com os nervos à flor da pele. Jurú teve que dar uma dura no dono da oficina para que o conserto fosse terminado. Deofrildo, dono de um pequeno armazém — misto de boteco e quitanda — só pegou a kombi no fim da tarde de sexta-feira. A essa altura, já não queria mais emprestar o veículo, pois tinha que entregar umas mercadorias em Campo Grande. Foi um Deus nos acuda, mas acabou emprestando.

Era noite quando Jurú, Perninha e Catatau chegaram ao terreno da vaca. Foi uma operação dolorosa para eles. O bicho andava, mas de repente empacava. Ou então andava para o lado oposto. Para facilitar, eles derrubaram parte da cerca de arame farpado e colocaram a kombi dentro do terreno, com a porta lateral virada para o animal. Fizeram uma rampinha com umas tábuas que acharam no terreno. A verdade é que ela não queria subir ali nem morta. Quando, enfim, conseguiram colocar o bicho dentro da perua já passava das duas da madrugada. O combinado com o Jorge Tapa era chegar ao matadouro por volta das nove horas da noite. O cara não queria mais fazer o abate, pois naquele horário poderia dar problema. Um terceiro empregado foi envolvido na história. Mas, para isso, tiveram que deixar lá metade da vaca. Ainda assim, o churrasco estava garantido.

O dia já começava a clarear quando eles saíram do matadouro com a carne. Eles haviam planejado forrar o chão da kombi com sacos plásticos e jornais e, além disso, lavar muito bem toda a traseira da perua antes de entregá-la ao Deofrildo. Mas o atraso no sequestro impediu que esses cuidados fossem providenciados. O quitandeiro precisaria do veículo, impreterivelmente, às nove horas da manhã. O máximo que fizeram foi jogar três baldes d'água na traseira do carro. Isso, é claro, depois de levarem a encomenda diretamente para a casa do Toquinha.

Uma churrasqueira improvisada com tijolos já estava armada desde a véspera. Bastou a carne chegar para que o carvão fosse acesso e a festa pudesse começar. Rapidamente, a casa ficou lotada, tanto dentro como fora. A vitrola mandava para as caixas de som, às alturas, uma miscelânea de músicas que ia dos Fevers aos Originais do Samba, passando por Wilson Simonal, Marcio Greick, Evaldo Braga, entre outros. Ainda era meio-dia quando o primeiro estoque de cerveja acabou; contratempo rapidamente resolvido com o surgimento de mais três engradados trazidos pelos convidados. O churrasco estava um grande barato. Pelo menos até o momento em que avisaram ao dono da vaca que a mesma havia sido roubada.

O dono da dita cuja não era ninguém menos que o Deofrildo Maia, coincidentemente proprietário da kombi. Bastou ele sondar no local do roubo para descobrir, através de vizinhos, que três rapazes entraram no terreno durante a noite com uma kombi. "Muito parecida com a sua, inclusive", ouviu. Já sabendo do churrasco, Deofrildo chamou a polícia e tocou direto para a casa do Toquinha. A kombi suja de sangue era a prova do crime. Após muito tumulto e discussão, Jurú, Toquinha e Catatau, mais o Perninha e a noiva, foram levados para a delegacia. A carne que ainda não havia ido para o fogo foi apreendida e levada também. A consternação foi geral. No entanto, um dos convidados era o Jorge Tapa do matadouro, que ficara com metade da vaca. Ele já estava interessado numa das filhas do Toquinha e resolveu tirar uma onda: "Não apaguem o fogo, não. Eu vou trazer mais carne." O som voltou a rolar, e a festa continuou sem hora para acabar, mesmo sem os noivos, que estavam na delegacia. No dia seguinte, radinho de pilha ligado por toda parte, ouvia-se em todos eles a chamada para o programa: "Vaca faz a festa de noivo duro".

O noivado da Perninha foi comentado durante muito tempo. O bafafá rendeu um samba de roda que era cantado em todas as festas do bairro, com direito a improviso de versos e tudo mais. Anos e anos se passaram, já burro velho, eu tomava uma cerveja num boteco do Rio da Prata, em Bangu, enquanto ouvia um pagode que acontecia numa mesa ao lado. De repente, batendo na palma da mão, um senhor grisalho puxou *O churrasco do Toquinha*, acrescentando antes: "Essa é relíquia." E, com os olhos úmidos, olhei para o céu.

Barracão de Zinco

Ninguém no velório entendeu quando o som do bandolim invadiu o recinto fúnebre, calando sussurros e choros para dar lugar aos acordes de *Barracão*. Era Zé Menino, que poucos ali conheciam, mas que tinha chegado para cumprir uma promessa que havia feito à falecida em tempos idos.

A surpresa e a indignação aos poucos foram sendo substituídas pela emoção, pela perfeita harmonia trazida pela música. Uns e outros começaram a cantarolar baixinho ao mesmo tempo em que ele solava o clássico.

Não demorou muito para que no bis se ouvisse, em uníssono: "Ai, barracão/Pendurado no morro/E pedindo socorro/A cidade a teus pés/Ai, barracão/Tua voz eu escuto/Não te esqueço um minuto/Porque sei que tu és/Barracão de zinco/Tradição do meu país (...)", a música saía como um cortejo, sem pressa, sincero. Os versos de Luís Antônio e Oldemar Magalhães, eternizados por Elizeth e tantos outros, martelavam na cabeça de todos como quadros de um filme em preto e branco, talvez uma história de amor numa cidade que não existe mais.

Dona Menininha, viúva, três filhos, uma penca de netos, tivera um grande amor quando moça. Ela morava no morro de São Carlos, e ele no morro da Mangueira, arquirrivais de outrora, no samba e na malandragem. A beleza de Menininha, aos 15 anos, chamava a atenção de todos. No alvorecer da idade, era a mais bela mulata do morro.

Criação rígida, nos moldes da época, a moça não saía de casa. Mas, não havia como encobrir a beleza de sua juventude. Primeiro fora convidada para ser a porta-bandeira da escola de samba, honra que fora recusada pelo pai. Depois resolveram coroá-la princesa do morro, com direito a uma festa recatada, ao discreto som de violões.

É claro, tudo isso era para adocicar a severidade do pai português. Já a mãe, a baiana Lina, aceitava a situação com mais naturalidade. Sentia-se até orgulhosa, mas não podia revelar a sua aprovação de pronto. Contudo, conseguiu convencer o portuga. Dali para porta-bandeira foi um passo (ou um bom rebolado).

Foi num samba na Praça XI que conhecera Zé Menino. Todo no linho branco, sapato bicolor, estava acompanhado de mulher e de parceiros da música e da boemia. Não conseguiu tirar os olhos de Menininha um só instante. Muito jovem, porém malandro já manjado por aquelas paragens, foi aconselhado a sair do terreiro pela turma do Estácio, que naquela tarde estava em maior número. Saiu feliz porque percebeu que a moça também o buscou com um olhar tímido, mas doce.

O segundo encontro casual foi numa festa na igreja da Penha, lá em cima, na porta do santuário. Ela acabara de subir os 365 degraus com o pai e a mãe. Esbarrou com Zé Menino no meio da multidão. Criado entre rezadeiras e mães de santo, teria ido lá pagar uma promessa feita pela mãe. Ele carregava uma braçada de rosas brancas nas mãos, que deveria colocar "o mais próximo possível da santa".

Aproveitando-se da confusão na entrada da igreja e da distração dos pais dela, disse-lhe no ouvido: "Meu medo era não conseguir chegar próximo da santa e colocar essas flores aos seus pés. Mas os orixás quiseram que eu não só me aproximasse, mas colocasse as rosas nas suas próprias mãos" — entregou-lhe as flores e sumiu no meio do povo. O difícil para Menininha foi explicar para os pais de onde surgiram aquelas rosas.

Encontraram-se depois num carnaval, bem no final do desfile da Unidos de São de Carlos. Na verdade, Zé Menino ficou de tocaia para encontrá-la. Trocaram algumas palavras, beijos nas mãos, nas maçãs do rosto e, finalmente, um longo beijo apaixonado.

Por causa desse amor, Menino começou a se arriscar e frequentar as biroscas da subida do São Carlos. Perambulou por lá até descobrir onde Menininha morava. Ela tentou afastá-lo, pois sabia do risco que ele corria. Além do mais, o pai já havia arranjado um casamento para ela.

A fama de Zé Menino corria longe, malandro da Mangueira e da Lapa, vivia à custa do baralho e trazia sempre o canivete afiado no bolso traseiro da calça. Exímio violonista, usava desse artifício para penetrar nas rodas de samba do São Carlos; mas sua presença naquele reduto era uma afronta. Porém, tudo que ele queria, era ficar perto de Menininha. Nem que para isso tivesse que trocar de morro, de mulher, de parceiros. Mas, quem acreditaria?

Na última vez que esteve por lá, o dono da birosca em que costumava beber teve a boa vontade de passar para ele um bilhete de Menininha: "Prometa que você não vai mais voltar aqui. Digo isso porque quero você vivo. Quero que você viva para um dia ouvir sua música com toda a paz do mundo. Você há de tocar um dia só para mim", escreveu a moça numa folha de caderno amassada.

Armaram uma emboscada para Zé Menino naquela tarde de domingo, no alto do morro. Mas o malandro era arisco. Foi esfaqueado, mas meteu o seu canivete em dois. E, mesmo ferido, conseguiu fugir. Mas, a facada maior que levou foi quando soube do casamento de Menininha. Para ele, foi o fim. Caiu na boemia sem tréguas, entregou-se de corpo inteiro ao jogo, bebida, mulheres. De certa forma, até que não foi tão mal. O pior momento foi quando puxou uns anos na cadeia.

Encontraram-se muitos anos depois no centro da cidade. A beleza de ambos perdera-se no tempo, mas um estranho sentimento permanecia. Os dois envelhecidos, consumidos pela vida, pouco falaram. Em silêncio, olharam-se por algum tempo. Despediram-se com um abraço. Caminhos inversos, Dona Menininha rumou para a Candelária, Zé Menino para a Cinelândia.

O homem que esperava ondas

A obsessão que ele tinha pelo mar não era gratuita, havia uma razão de ser, por mais que fosse estranho. Mas, para a maioria das pessoas, era um louco. Realmente, deixara de viver a vida para ficar todo o tempo ali, contemplando o oceano, diante do mar. A busca não era por uma paisagem específica, mas onde houvesse mar ele poderia estar. Vivia assim, solitário, de frente para todos os mares possíveis, aonde pudesse chegar. Não foi por acaso que o velho pescador o reconheceu. O conhecia há muito tempo, de alguma praia longínqua talvez. Aproximou-se do homem e fez a pergunta que muitos gostariam de fazer:

— Por que passar a vida inteira diante do mar, contemplando o horizonte? Você não se cansa?

— Por que você lança um anzol no mar?
— Todo pescador está à busca de peixes. Esperamos...
— É isso. Eu também espero...
— Por peixes?
— Não.

Ainda muito jovem, costumava subir no alto das dunas para ver o pôr do sol. Era como se fosse um ritual de todas as tardes. Certa vez, viu ao longe uma moça caminhando na areia molhada, com as ondas lambendo os seus pés. A praia deserta demarcava os seus passos, para logo em seguida as espumas apagarem. Era uma bela imagem. Tão bela que o jovem, naquela tarde, trocou o pôr do sol pela figura delicada da mulher, quase menina. Trazia nas mãos uma garrafa de vinho, e bebeu o último gole.

Encantado, ele desceu das dunas de areia para conhecê-la. Chamava-se Juna e, tão misteriosa quanto bela, pouco falou a respeito de si. A não ser que era poeta e que toda a sua inspiração vinha do mar. Gostava de ouvir, não só o som das ondas, mas belas histórias. Então o rapaz contou toda sua história, inventou outras, e coloriu o que não tinha cor. Quando já estava escuro, e a moça se levantava para ir embora, o jovem implorou para acompanhá-la, ou que lhe desse um endereço, um telefone. Juna, então, tirou um pedaço de papel do bolso e, com o batom, escreveu algo. Colocou-o na garrafa vazia, vedou-a com rolha, e a atirou no mar. "O mar vai trazer a garrafa de volta pra você. O que você quer ouvir está escrito ali", disse, e se foi. Ele ainda tentou pegar a garrafa e segui-la, mas a escuridão não permitiu. Enfim, esperou até que as ondas lhe trouxessem a garrafa com o bilhete.

Se antes já estava sob o encanto de Juna, após ler os poucos versos deixados na garrafa de vinho, descobriu, enfim, o sentimento que dava sentido à vida. Mal pudera dormir as noites que se seguiram, e todas as tardes voltava àquela praia na esperança de reencontrá-la. Não havia compromisso que o tirasse dali, mesmo nos dias sem sol. Aliás, o pôr do sol deixara de ser importante para ele. Tudo valeria a pena se ela voltasse, e assim foi. Teria já passado semanas desde o primeiro e único encontro quando, enquanto caminhava nas areias, a viu sentada no alto de uma duna. Parou incrédulo, limpou o sal do rosto, e fixou os olhos na moça. Ela desceu, lentamente, o monte de areia e veio ao seu encontro.

Não era um sonho. Amaram-se febrilmente na beira do mar, beberam o vinho barato que ela trazia e por ali ficaram até o amanhecer. Por mais que perguntasse, pouco ela falava de si. Fez um pacto com ele, de que, novamente, deixaria algo escrito dentro da garrafa. Desta vez, além de poemas, marcava um novo encontro, mas numa outra praia. E por mais louco que pudesse parecer, era assim que se amavam. E a cena se repetira por muitas vezes, e parecia perfeito. Até que houve uma tarde.

Ele já a conhecia mais do que a si mesmo, quando notou que Juna estava muito triste. Entre lágrimas e gozos apaixonados ela se foi, só que, desta vez, não lançou nada no mar. Sem poemas, sem mensagem, o rapaz percebeu que a tal eternidade era efêmera. Juna, antes de ir, prometera que ele receberia uma carta da mesma forma de sempre, mas, não naquela hora. E seria uma mensagem definitiva, um reencontro definitivo, seguiriam juntos, enfim.

— Perdão se eu lhe incomodo. Vou-me embora e você continuará por aqui. Eu não entendo o que você espera.

O homem ouviu em silêncio e assim ficou por algum tempo. Até que apontou as espumas brancas que os alcançavam.

— Olha as ondas que quebram lá fora, a fúria com que estouram, toda a revolta. No entanto, elas sempre voltam até você.

O pescador ficou, a princípio, um pouco perturbado. Sobretudo por perceber que havia algo maior na relação entre aquele homem e o mar. Não sabia exatamente o quê. Os dois ficaram calados por alguns instantes, até que o pescador, sem saber o que dizer, ou como se despedir, apenas comentou: "Todo mar é bonito".

Os olhos do homem já estavam de volta ao horizonte, observando o voo das gaivotas, mas sem jamais perder as ondas de vista. O pescador não quis mais interrompê-lo. Havia ali a história de uma vida muito maior do que ele supunha.

Por um momento, o homem que pescava teve a sensação de que as ondas do mar lhe diziam alguma coisa. Mirou o homem que as esperava e, sem que ele percebesse ou desse por sua falta, recolheu o anzol e partiu. A maré subia e escondia ainda mais os mistérios do mar.

Febre

Chamava-se Girassol, mas tinha o perfume das rosas. Tinha o mundo a seus pés, mas vivia na cidade dos sonhos. Quando a vi pela primeira vez tive vontade de morrer, pois descobri que a vida não fazia o menor sentido sem ela. Era uma santa e eu cri.

— Vá embora, vá agora! — eu dizia. E lá estava ela, trêmula de pernas abertas, enroscada em minhas pernas como uma cascavel no pé da bananeira, de boca aberta, louca.

Foi uma época doida de uma vida completamente entorpecida. Mal havia saído de um pesadelo para acordar em um sonho estranho.

A primeira vez que a vi foi como uma visão: vestia um vestido branco, um pano da costa fino que lhe cobria a pele negra. Estava parada no topo de uma duna numa praia de Natal; parecia trazida pelas ondas. Era uma santa, e eu acreditei. Confessei-lhe os meus pecados e caí a seus pés.

Ela encostou a minha cabeça em seu ventre e começou a dançar a dança do ventre. Feito um beato *beatnik* eu não sabia se rezava uma Ave Maria ou se me afogava de vez naquele mar negro.

Em completo devaneio, acabei cometendo uma oração dentro de suas entranhas, para logo em seguida rolar duna abaixo. Mas minha santa profana se atirou em mim e agarrou os meus pés, rasgou a minha sunga, arrebentou minha guia.

— Vá embora! — eu implorava enquanto ela me engolia por inteiro. Aos berros eu rezava a Ave Maria e ela retrucava com um mantra: nunca fui santa, nunca fui santa, nunca fui santa.

O mais doce dos beijos

Enquanto o vento frio batia nas costas de João de Aruanda, ele tentava abrir inutilmente o guarda-chuva comprado num camelô do Largo da Carioca. A chuva que começava a cair vinha quase na horizontal, trazida pela força do vento. Eram quase oito horas da noite e João acabara de deixar o prédio da Bolsa do Rio, na Rua do Mercado, e começava a atravessar a Praça XV em direção à rua 1º de Março.

Caminhava contra o vento, o corpo encurvado com o guarda-chuva inútil, quando notou as duas debaixo da marquise em frente ao Arco dos Teles. A mãe parecia abraçar a criança com força, provavelmente tentando aquecê-la. João continuou com suas passadas rápidas, seguindo seu rumo pelo meio da praça quase deserta.

Talvez tenha sido a noite mais fria daquele inverno e, apesar da hora pouco avançada, já não se via praticamente ninguém por ali. Ele tinha de enfrentar uma boa caminhada até o metrô, e o que o consolava era saber que ao chegar em casa poderia tomar um bom banho quente, vestir roupas secas, tomar um prato de sopa e entrar debaixo das cobertas.

Já estava quase na 1º de Março quando resolveu retornar. Foi direto ao Catedral, bar que fica à direita do Arco, antes da charutaria Havana. O espanhol estava servindo uma dose de aguardente a um freguês e, para aproveitar a viagem, foi logo perguntando se João de Aruanda queria uma dose também. Pegou o copo emborcado ao lado da pia e veio com a cachaça:

— Pra esquentar só uma boa cana...
— Não. Eu quero um chocolate quente.

Os quatro ou cinco que estavam ao redor do balcão se voltaram para João como se ele fosse um marciano. O espanhol, com cara de pouco caso, deu meia volta retornando com a cachaça. "Não tem", disse ele já de costas. Foi então que João explicou que não era para ele, mas para uma criança que estava com a mãe embaixo da marquise ao lado. O espanhol olhou sem saber o que dizer, com aquele ar de "não posso fazer nada". Aruanda perguntou se havia como esquentar um copo de leite. Após titubear por um momento, o galego balançou a cabeça afirmativamente. Disse que ainda tinha na máquina o resto do café da tarde. Podia fazer café com leite. "Maravilha". Após preparar a média, arrumou um copo plástico de viagem para que João levasse a bebida.

Saiu do bar com o copo nas mãos e caminhou na direção das duas miseráveis. Parou diante delas, que tremiam feito vara verde. O pano umedecido que as enrolava parecia castigar-lhes ainda mais. Elas olharam João de Aruanda um tanto assustadas, sem nada dizer. Meio desajeitado com sua pasta e o guarda-chuva que carregava numa das mãos, além do copo na outra, ele se agachou na frente delas e estendeu o café com leite fumegante. Com a mão trêmula de frio, a mãe pegou o copo e disse um "muito obrigado".

A pequenina, com seus poucos mais de dois anos de vida, sorriu para ele. Chamava-se Maria Carolina e por alguns segundos João ficou hipnotizado por ela. Parecia um anjo e seu sorriso era das coisas mais belas que ele jamais viu.

Esperavam por alguém que não havia chegado, por isso passariam a noite ali. Há dias esperavam por tal pessoa, há tempos passavam a noite ali, segundo explicou a mãe. João enfiou a mão no bolso do casaco e deu para ela uma barrinha de chocolate que havia comprado mais cedo num camelô. Foi quando já estava de pé, se despedindo, que a pequena Carolina levou uma das mãozinhas à boca e jogou-lhe um beijo, o mais doce dos beijos. João de Aruanda se agachou novamente e beijou a pequeníssima mão da menina. O vento, agora em rodamoinho, chicoteava de um lado para o outro todo o logradouro de Mestre Valentim, percorrendo o Paço como se quisesse levar todo o lixo da Praça XV, e também as duas.

Durante semanas João retornou ao local, procurando inutilmente a pequenina embaixo da marquise. Durante tempos a buscou nos arredores da praça, nas ruas adjacentes, em todo o centro da cidade, mas nunca mais a viu. Talvez Maria Carolina estivesse precisando dele, pensava, mas no fundo, ele precisava muito mais dela. Ainda hoje quando passa por lá, ele olha ao redor tentando encontrar aquele sorriso e aquele olhar angelical. Ele sabe que jamais vai reencontrá-la, mas ainda assim a procura. Reencontra, sim, o espanhol do Bar Catedral. Quando vê João de Aruanda, já pega a cachaça e serve uma boa dose. E João sempre sai do bar com a sensação de que Maria Carolina reza por ele.

Como nascem os mortos

Marujo empurrou com cuidado a porta de ferro, que já estava semiaberta. Um rastro de sangue no chão de pedra confirmava sua suspeita: os garotos se refugiaram ali. Meio que pisando em ovos, o homem foi entrando lentamente com o seu cajado no recinto malcheiroso, iluminado apenas por um feixe de luz. Um amontoado de gente começava a se formar do lado de fora do velho chafariz de Mestre Valentim, no berço da cidade de São Sebastião.

Com a mesma rapidez que surgiam curiosos por todos os lados, diversas versões sobre o que ocorria circulavam de boca em boca. A primeira delas dava conta de que se tratavam de assaltantes de banco. Momentos antes houvera um tiroteio entre a polícia e bandidos na avenida Rio Branco.

Com a confusão, os bandidos conseguiram fugir. A informação de que um PM havia morrido na troca de tiros logo foi desmentida. Na verdade, a polícia só apareceu meia hora depois. O tiroteio teria sido com seguranças particulares.

O zum-zum-zum aumentava na medida em que os minutos se passavam e nada acontecia, além do fato de o velho marinheiro ter sido o primeiro a chegar ao local e ter entrado sem receio algum no chafariz, que, mais do que peça histórica, transformou-se ao longo do tempo em abrigo para a população de rua. Transeuntes do Largo do Paço e comerciantes viram quando os meninos chegaram ali. Eram quatro na realidade. Dois tinham sido feridos: uma garota e um garoto, que foram carregados para dentro pelos outros dois, que saíram rapidamente do local e, antes de fugir, avisaram a Marujo sobre o acontecido.

Senhor dos mares em tempos idos, Marujo, outrora conhecido como Almirante, era um negro respeitado entre os menores que sobreviviam por ali pedindo trocados, cometendo pequenos furtos, cheirando cola. Apoiado sempre num velho cajado — na verdade um pau de jequitibá talhado —, cochilava durante o dia, mas varava as noites sem dormir. Excluído dos mares, foi vendedor de peixes da feira da Praça XV e, com o fim do mercado, passou a viver sob as marquises do Arco dos Teles. Mas era nele que os meninos confiavam.

Marujo ouviu sem espanto o relato do garoto maltrapilho e ofegante: "Mira queria uma camisa da Seleção. A gente pegou uma do cesto da loja e saiu correndo. Os seguranças vieram atrás e largaram o dedo na gente. Deixamos os dois lá no barraco da praça. Tá saindo muito sangue", disse o moleque, que, logo em seguida, sumiu entre os carros com o comparsa. O velho levantou com algum esforço e foi ver o que estava acontecendo.

Após entrar no chafariz, o mendigo sumiu no breu da escuridão. Isso fez com que o burburinho aumentasse entre o povo, que aumentava cada vez mais do lado de fora. As pessoas não entravam com medo de que os bandidos armados as fizessem de refém. E era isso que acreditavam ter acontecido com Marujo. "Fizeram o mendigo de refém", falavam uns aos outros.

Um policial militar de arma em punho foi abrindo caminho no meio da multidão e entrou no abrigo. Todos ficaram em silêncio. Minutos depois ele saiu, meio atordoado, com a arma guardada no coldre e as mãos sujas de sangue. Marujo surgiu logo atrás, com um bebê nas mãos. Mira estava grávida, mas antes de morrer entrou num prematuro trabalho de parto e deu à luz um menino.

O burburinho se desfez rápido, com cada um seguindo para um lado apressadamente. A época era de Copa do Mundo, e o Brasil entraria em campo naquela tarde. O pai do menino também estava morto.

Treze copos

I

Ao redor do pequeno monitor de TV, um punhado de jovens estudantes amontoavam-se uns sobre os outros, enquanto assistiam extasiados a um clássico em preto e branco na Sessão Coruja. No exato momento em que Humpherey Bogart tragou o cigarro, inundando a cena com uma fumaça espessa, a porta da sala foi aberta com violência por um rapaz mulato, esquálido, que atravessou o ambiente feito uma flecha. Carregava numa das mãos uma mala. Parecia decidido. Não deu a menor bola para Bogart.

Ao ser indagado sobre o motivo daquela mala, ainda com a etiqueta da loja pendurada, respondeu com rispidez:

— Porra, vou viajar, é claro!
— Mas você nunca levou malas ou mochilas em suas viagens!
— Essa não será qualquer viagem, mas uma viagem definitiva — disse ele pensativo, num discurso vago.
Mas ninguém ouviu; ninguém deu atenção.

II

Passados dois dias, ele ainda não tinha saído do quarto vazio, nos fundos da casa. Alguém comentou que ele, prevendo a longa viagem, comprou a mala para pôr mantimentos de subsistência.
Naquela república de estudantes, o movimento não parava um minuto sequer. Era como uma luta sem tréguas entre as pessoas e o tempo. Apesar das aparências amistosas, aquele povo não se encontrava, mas se esbarrava. Os diálogos eram apressados, quando existiam. A correria do dia a dia não permitia mais do que isso. Não havia espelhos.
Resolveram bater à porta, mas não houve resposta. Naquela altura, já havia quatro dias que ele entrara ali e nem mesmo o barulho de seus passos nas "caminhadas pelo universo", como ele mesmo definia, ecoavam de dentro do quarto vazio sem janelas. Pela primeira vez ali, todos pararam e se voltaram para um problema em comum:

— Eu tenho certeza de que comprei quatro latas de sardinha. Abri uma, as três restantes estão aqui — afirmou um dos confrades, enquanto faziam o levantamento na dispensa. Concluíram que ele não pegara nada, e já tinha passado uma semana.

Após nove dias da estranha hibernação, o dono de uma loja de artigos de couro localizada nas redondezas apareceu com uma conta. Disse que um rapaz muito magro esteve na sua loja havia uns dez dias, visivelmente aflito, suplicando que lhe vendesse fiado uma mala. Dizia ser urgente e que pagaria no dia seguinte. Na ocasião, o sujeito dera-lhe aquele endereço.

Perceberam então que ele não tinha dinheiro, o que era natural para aquele moço. Perguntas se cruzavam: Onde ele havia arranjado dinheiro para comprar seus estimulantes favoritos? Era um dependente químico e não havia pedido dinheiro a ninguém, como sempre fazia. Ele não trabalhava. Talvez viesse armazenando drogas há algum tempo.

Foram ao seu armário, mas estava trancado. Arrombaram e tiveram mais uma surpresa: Todo lixo químico estava lá. A dúvida e a curiosidade cresciam: Como ele estaria viajando se deixara as drogas no armário? E suas roupas, também intactas? Finalmente, alguém deu por falta de alguma coisa na dispensa. Catorze pessoas moravam na república, e tinha um copo para cada uma delas. Casualmente, descobriram que estava faltando um deles.

A atmosfera na casa se resumia a um ponto de interrogação. A viagem mais longa que ele havia feito tinha durado apenas um dia e uma noite. Ninguém podia imaginar o que estava se passando dessa vez. Todas as semanas ele entrava naquele quarto — "o templo", como ele chamava — para suas "caminhadas pelo universo".

— Vamos arrombar a porta! — decidiram. O grande mistério já durava duas semanas. Juntos caminharam até o fundo do corredor. O quarto vazio ficava nos fundos. Um pé de cabra resolveu o problema, abrindo a porta sem muitas dificuldades. Houve um estarrecimento geral. O quarto vazio estava vazio. Havia somente um copo com dois dedos d'água ao lado da mala, num canto. Alguém comentou que ele precisou deixar de existir para que todos percebessem que ele não existia. A mala estava vazia.

O Círculo

Outubro de 1970

Havia um cachorro chamado Ringo e uma animada turma de moleques. O playground da rua era uma chácara que ficava estrategicamente no topo da ladeira. Nela, havia várias dezenas de árvores frutíferas, principalmente mangueiras. Encravado bem no centro deste cenário, ficava um pequeno campo de futebol. Julinho desfrutava de um ambiente perfeito para qualquer aventura de infância, a não ser por um fato que lhe era peculiar: o louco.

Julinho ouvia gritos. Eram gritos de pavor que ecoavam de dentro de uma enorme casa de arquitetura colonial na esquina da rua. Parecia um estranho ritual macabro que se repetia todos os dias. A primeira vez em que ouviu o bramido ele ainda era um menino. Estava empenhado com outros guris em subir numa goiabeira e acabou levando um grande tombo com o susto. Naquele dia, correu pra casa amedrontado, enquanto seus amigos, que nada ouviram, ficaram sem entender o que se passara. E ele muito menos.

Com o tempo, conforme foi crescendo, o estranho urro aumentava de volume e se repetia com mais frequência. Ele já não corria assustado quando o ouvia, porém jamais se acostumou com tal martírio. É claro, ele tinha grande curiosidade em saber sobre quem agonizava daquele jeito. Mas, na mesma proporção, aquele grito animal despertava nele um grande medo. Julinho tinha a estranha sensação de que, se ali entrasse, ficaria aprisionado com o louco. Então, fingia não ligar para o que acontecia no casarão. No entanto, o som daqueles gritos entrava por seus ouvidos, por seus poros. E por mais que fingisse estar tudo bem, ele sabia que uma estranha loucura morava ao lado.

Certa tarde passou pelo lugar e não ouviu os gritos. Como não estava com pressa, sentou-se no meio fio e ficou com os olhos grudados no corredor lateral e na porta da frente da casa. Tinha a esperança de que ele saísse, que pudesse ver sua cara, conhecê-lo.

Esperou, esperou muito, mas só viu crescer o enigma, já que o louco não apareceu. De qualquer forma, como não ouvira os tais urros, parecia que o martírio dele havia terminado. "Gostaria muito de tê-lo conhecido", pensou. Pensou também na grande ignorância que é o medo.

Julinho resolveu entrar na casa, precisava saber ao menos de onde ecoavam aqueles gritos. Com facilidade abriu a porta, que não estava trancada. Ficou surpreso ao deparar com um imenso salão vazio. Não havia salas, antessalas ou qualquer outro tipo de cômodo. Apenas um enorme salão vazio. A pouca luz não permitia uma visão de toda extensão do espaço. Só havia uma porta, na qual ele se encontrava. Começou a andar no ambiente. Os seus passos provocavam ecos assustadores, fazendo com que ele caminhasse lentamente, como se pisasse em ovos, numa tentativa vã de abafar o som. De repente, ouviu um barulho no lado oposto. Julinho ficou parado na posição em que estava, com olhos arregalados, enquanto o coração quase saltava pela boca. Viu um homem se levantar, mas não dava para ver sua aparência. Via apenas cabelos desalinhados acima dos ombros nus. O louco parecia ter dormido um grande pesadelo. Levou as mãos à cabeça, descendo depois pela face, vedando os olhos e apalpando o rosto, como se quisesse reconhecer os próprios traços fisionômicos. Lentamente, começou a andar em círculos. Parecia concentrado, e seus passos eram ritmados. Olhava para cima, olhava para baixo, enquanto o caminhar ia se tornando mais rápido.

Boquiaberto, hipnotizado pela cena esquizofrênica, Julinho notava que ele não saía daquele espaço que circulava. E, pra piorar, ao contrário do andar ritmado do início, seus passos foram ficando cada vez mais descompassados e frenéticos. Parecia estar entrando em pânico. Começou a tropeçar nas próprias pernas. Caía no chão com violência e se levantava inteiramente desgovernado, como se estivesse em transe. Sem direção alguma, parecia chocar-se com uma parede invisível, para novamente cair no centro do círculo.

O jovem assistia o desespero do homem se multiplicar a cada minuto e experimentava na própria carne o sofrimento dele. Mesmo apavorado, tentava ajudá-lo: "Venha, a porta está aqui!", mas, o apelo era em vão, ele não ouvia. Inteiramente alucinado, parecia também não enxergar. Apenas urrava, se debatia, caía e se arrastava. Começou a esmurrar o cárcere invisível, com a raiva de uma fera que não consegue vencer a jaula. Depois de algum tempo, já bastante cansado, rastejava no círculo e, de punhos cerrados, dava porradas no muro intransponível. Até que chegou à exaustão. Com os braços erguidos, ficou algum tempo chapado à muralha transparente.

Amedrontado e pasmo, Julinho sentou num canto. Não conseguia acreditar no que acabara de ver. Com os olhos fixos nele, procurava levantar se apoiando na parede. Na verdade, queria sair correndo dali, mas as pernas bambas não permitiam. Julinho estava atordoado.

Novembro de 1976

O último gole de vinho correu pela garganta. Olhando a garrafa vazia, Julinho pensava como tudo na vida se acaba. Atirou a garrafa no meio da estrada e tentou imaginar onde ela findaria. O breu da madrugada e o porre fizeram com que ele acreditasse que aquele caminho era infinito. Relâmpagos começavam a cortar o céu. Era a tempestade. Abriu os braços, encarou o infinito, pediu mais.

Um grito medonho varou o espaço. Era ele outra vez. Tentava abrir a porta, mas estava trancada. Ele esmurrava a parede pelo lado de dentro, enquanto Julinho esmurrava a porta pelo lado de fora. Julinho era o único que podia ouvi-lo. E o louco gritava. A porta transformou-se em aço, uma barreira de aço indestrutível. Em meio ao pânico geral, Julinho começou a gritar também. E os gritos eram um só no espaço.

Julinho acordou com um guarda da patrulha rodoviária chutando o saco de dormir. Assustado, disse que estava tudo bem, e que teria tido apenas mais um pesadelo. O policial pediu os documentos, mas, como ele não os tinha, foi levado. Após dois dias foi liberado, ficando fichado por vadiagem pela terceira vez.

Abril de 1978

Homens fardados transitam no meio da cidade. Fantoches. Julinho vê as cenas moverem-se ao seu redor. Feito um figurante de uma ópera absurda, ele apenas observa. Com sua cabeleira black power esmerilhada, entra num botequim e pede uma cachaça. Ao sair sem pagar, ouve alguém gritar: "Crápula!" Tenta atravessar a rua, mas tem a impressão de que os carros enfurecidos avançam em sua direção. Desarvorado, começa a correr. Avista uma bicicleta de padeiro com seu cesto cheio de pães estacionada mais adiante. Atira-se sobre ela e sai pedalando ladeira abaixo. Os berros do padeiro, que dispara atrás, misturam-se com uma parafernália de sons produzidos por buzinas, motores, vozes e toda espécie de barulho. Julinho pedala até a exaustão e não é alcançado.

Encontra um bairro em silêncio na periferia. Parece abandonado. A bicicleta de padeiro quica nos buracos feito carruagem de filmes de faroeste, enquanto os pães saltitam no cesto feito peixes fora d'água. Chega a uma comunidade de mendigos. Uns sete ou oito disputam a tapas restos de um frango. Atiram-se sobre as migalhas que caem ao chão feito ratos famintos. A princípio, hostilizam Julinho por pensarem que ele será mais um a disputar a escassa comida. Aceitam sua presença pacificamente quando o jovem desce da bicicleta e começa a distribuir os pães.

Dezembro de 1982

Julinho decidiu que deveria voltar àquela casa. Durante todos aqueles anos o espírito daquele louco o perseguia como sua própria sombra. Não suportando mais, resolveu ele mesmo ir encontrá-lo, retornando à sua terra natal.

Mal pôde reconhecer a cidade. Por isso, vagava pelas ruas feito um cão vadio, mas não encontrava sua rua de infância. Subia e descia ladeiras, entrava em atalhos, cruzava avenidas e dava no mesmo lugar. Ele andava em círculos. Na cidade, as pessoas usavam máscaras. Havia belas máscaras, principalmente as mais caras.

E foi por uma dessas que em determinado momento Julinho se viu apaixonado. A moça tinha os olhos de ressaca de Capitu emoldurados pelos cabelos negros de Iracema. Foi uma paixão instantânea, arrebatadora. O problema é que quando o sol batia muito forte na cara as máscaras se derretiam. E foi assim que Julinho descobriu que aquela anja pela qual se apaixonara, na realidade, trazia o número da besta na testa.

Janeiro de 1985

Ele começou a achar que tudo não passava de um longo pesadelo. Talvez sua rua de infância nem houvesse existido. Todas as ruas agora lhe pareciam iguais. Casas e prédios padronizados como soldados petrificados. Julinho sabia que estava atravessando um campo minado; e não era a primeira vez. Caminhava assustado, pisava com força, e as minas escapavam sob seus pés. Uma delas bastaria para levá-lo aos ares. E a única coisa que ele queria era explodir. E imaginava milhares de partículas do seu corpo se espalhando, como que em câmera lenta, pelos quatros cantos do universo. Paradoxalmente a este obscuro desejo, a chama da rebeldia se apagava.

Outubro de 1987

Depois de um longo tempo, Julinho voltou a sonhar com ele. O sonho agora era diferente: ele não gritava, não desesperava, apenas esperava. Paralelamente, o caminhar de Júlio agora era sereno. Ele havia chegado a algum lugar.
Caminhando no meio da noite por uma parte afastada da cidade, Julinho entrou numa rua coberta por mato. Apesar de toda a sua ruína, ele a reconheceu. Viu a velha casa enterrada no mato. Entrou. Silêncio. Caminhou até o local em que o vira quando menino. Já próximo, avistou o homem sentado em posição de lótus. Ele meditava. Mais uma vez, a pouca luz o impedia de ver seu semblante. Julinho acomodou-se com sua mochila e acabou adormecendo. Sonhou que subia uma montanha com um grupo de pessoas, e juntos colhiam flores no caminho.
Ao chegarem ao topo encontraram um homem, que mais parecia um monge tibetano. Sorria com leveza, parecia os esperar. Puseram as flores à sua volta e começaram a dançar um balé de evoluções muito estranhas.
Acordou com o vento forte que varria a rua. O dia começava a amanhecer. A ventania abriu a porta que Julinho havia deixado entreaberta. Os primeiros raios solares invadiram o salão. O homem abriu os ohos. Seus cabelos, agora muito brancos, espalhavam-se pelo chão. Parecia vir de um longo sonho.
Respirou fundo, levantou-se, caminhou até a porta, e seguiu.

MANTO COSTA

É autor do romance *Meu caro Júlio — A face oculta de Julinho da Adelaide* (7Letras), lançado na Bienal do Livro de 1997. Integrou também a antologia de contos *Terras de palavras* (Pallas Editora). Jornalista e pesquisador, iniciou sua carreira no *Jornal do Brasil*, na década de 80, passando depois pelas redações de *O Dia*, *O Globo* e *JB Online*. Em 2002, foi nomeado assessor da Secretaria de Comunicação do Município do Rio de Janeiro.

Este livro foi impresso em novembro de 2014, na Impressul, em Jaraguá do Sul.
O papel de miolo é o offset 70g/m2 e o de capa cartão 250g/m2.